SCHOOL EDITION
学生版

新课标经典名著

朱自清散文精选

朱自清 著

南京大学出版社

图书在版编目(CIP)数据

朱自清散文精选/朱自清著. —南京: 南京大学出版社,2016.6(2019.5 重印)
(新课标经典名著: 学生版)
ISBN 978-7-305-16820-8

Ⅰ. ①朱… Ⅱ. ①朱… Ⅲ. ①散文集-中国-现代
Ⅳ. ①I266

中国版本图书馆 CIP 数据核字(2016)第 089711 号

出版发行 南京大学出版社
社　　址 南京市汉口路 22 号　　邮编 210093
出 版 人 金鑫荣

丛 书 名 新课标经典名著·学生版
书　　名 朱自清散文精选
著　　者 朱自清
责任编辑 戴　颖　宋冬昱

照　　排 南京理工大学资产经营有限公司
印　　刷 江苏唐邦彩印包装有限公司
开　　本 880×1230　1/32　印张 9　字数 126 千
版　　次 2016 年 6 月第 1 版　　2019 年 5 月第 3 次印刷
ISBN 978-7-305-16820-8
定　　价 26.00 元

网　　址: http://www.njupco.com
官方微博: http://weibo.com/njupco
官方微信: njupress
销售咨询热线: (025)83594756

目录

CONTENTS

匆　匆

燕子去了，有再来的时候；杨柳枯了，有再青的时候；桃花谢了，有再开的时候。但是，聪明的，你告诉我，我们的日子为什么一去不复返呢？——是有人偷了他们罢：那是谁？又藏在何处呢？是他们自己逃走了罢：现在又到了哪里呢？

我不知道他们给了我多少日子；但我的手确乎是渐渐空虚了。在默默里算着，八千多日子已经从我手中溜去；像针尖上一滴水滴在大海里，我的日子滴在时间的流里，没有声音，也没有影子。我不禁头涔涔而泪潸潸了。

去的尽管去了，来的尽管来着；去来的中间，又怎样地匆匆呢？早上我起来的时候，小屋里射进两三方斜斜的太阳。太阳他有脚啊，轻轻悄悄地挪移了；我也茫茫然跟着旋转。于是——洗手的时候，日子从水盆里过去；吃饭的时候，日子从饭碗里过去；默默时，便从凝然的双眼前过去。我觉察他去的匆匆了，伸出手遮挽时，他又从遮挽着的手边过去，天黑时，我躺在床上，他便伶伶俐俐地从我身上跨过，从我脚边飞去了。等我睁开眼和太阳再见，这算又溜走了一日。我掩着面叹息。但是新来的日子的影儿又开始在叹息里闪过了。

在逃去如飞的日子里，在千门万户的世界里的我能做些什么呢？只有徘徊罢了，只有匆匆罢了；在八千多日的匆匆里，除徘徊外，又剩些什么呢？过去的日子如轻烟，被微风吹散了，如薄雾，被初阳蒸融了；我留着些什么痕迹呢？我何曾留着像游丝样的痕迹呢？我赤裸裸来到这世界，转眼间也将赤裸裸的回去罢？但不能平的，为什么偏要白白走这一遭啊？

你聪明的，告诉我，我们的日子为什么一去不复返呢？

1922 年 3 月 28 日

（原载 1922 年 4 月 11 日《时事新报·文学旬刊》第 34 期）

歌　声

昨晚中西音乐歌舞大会里“中西丝竹合唱”的三曲清歌，真令我神迷心醉了。仿佛一个暮春的早晨，霏霏的毛雨[①]默然洒在我脸上，引起润泽、轻松的感觉。新鲜的微风吹动我的衣袂，像爱人的鼻息吹着我的手一样。我立的一条白矾石的甬道上，经了那细雨，正如涂了一层薄薄的乳油；踏着只觉越发滑腻可爱了。

这是在花园里。群花都还做她们的清梦。那微雨偷偷洗去她们的尘垢，她们的甜软的光泽便自焕发了。在那被洗去的浮艳下，我能看到她们在有日光时所深藏着的恬静的红，

---

① 细雨如牛毛，扬州称为毛雨。

冷落的紫，和苦笑的白与绿。以前锦绣般在我眼前的，现有都带了黯淡的颜色。——是愁着芳春的销歇么？是感着芳春的困倦么？

大约也因那濛濛的雨，园里没了秾郁的香气。涓涓的东风只吹来一缕缕饿了似的花香；夹带着些潮湿的草丛的气息和泥土的滋味。园外田亩和沼泽里，又时时送过些新插的秧，少壮的麦，和成荫的柳树的清新的蒸气。这些虽非甜美，却能强烈地刺激我的鼻观，使我有愉快的倦怠之感。

看啊，那都是歌中所有的：我用耳，也用眼，鼻，舌，身，听着；也用心唱着。我终于被一种健康的麻痹袭取了。于是为歌所有。此后只由歌独自唱着，听着；世界上便只有歌声了。

1921 年 11 月 3 日，上海

（原载 1921 年 11 月 5 日《时事新报·学灯副刊》）

桨声灯影里的秦淮河

一九二三年八月的一晚，我和平伯同游秦淮河；平伯是初泛，我是重来了。我们雇了一只“七板子”，在夕阳已去、皎月方来的时候，便下了船。于是桨声“汩——汩”，我们开始领略那晃荡着蔷薇色的历史的秦淮河的滋味了。

秦淮河里的船，比北京万甡园、颐和园的船好，比西湖的船好，比扬州瘦西湖的船也好。这几处的船不是觉着笨，就是觉着简陋、局促；都不能引起乘客们的情韵，如秦淮河的船一样。秦淮河的船约略可分为两种：一是大船；一是小船，就是所谓“七板子”。大船舱口阔大，可容二三十人。里面陈设着字画和光洁的红木家具，桌上一律嵌着冰凉的大理石面。窗格雕镂颇细，使人起柔腻之感。窗格里映着红色蓝色的玻璃；玻璃上有精致的花纹，也颇悦人目。“七板子”规模虽不及大船，但那淡蓝色的栏干，空敞的舱，也足系人情思。而最出色处却在它的舱前。舱前是甲板上的一部。上面有弧形的顶，两边用疏疏的栏干支着。里面通常放着两张藤的躺椅。躺下，可以谈天，可以望远，可以顾盼两岸的河房。大船上也有这个，便在小船上更觉清隽罢了。舱前的顶下，一律悬着灯彩；灯的多少、明暗，彩苏的精粗、艳晦，是不一的。但好歹总还你一个灯彩。这灯彩实在是最能钩人的东西。夜幕垂垂地下来时，大小船上都点起灯火。从两重玻璃里映出那辐射着的黄黄的散光，反晕出一片朦胧的烟霭；透过这烟霭，在黯黯的水波里，又逗起缕缕的明漪。在这薄霭和微漪里，听着那悠然的间歇的桨声，谁能不被引入他的美梦去呢？只愁梦太多了，这些大小船儿如何载得起呀？我们这时模模糊糊的谈着明末的秦淮河的艳迹，如《桃花扇》及《板桥杂记》里所载的。我们真神往了。我们仿佛亲见那时华灯映水、画舫凌波的光景了。于是我们的船便成了历史的重载了。我们终于恍然秦淮河的船所以雅丽过于他处，而又有奇异的吸引力的，实在是许多历史的影象使然了。

秦淮河的水是碧阴阴的；看起来厚而不腻，或者是六朝金粉所凝么？我们初上船的时候，天色还未断黑，那漾漾的柔波是这样的恬静、委婉，使我们一面有水阔天空之想，一面又憧憬着纸醉金迷之境了。等到灯火明时，阴阴的变为沉沉了：黯淡的水光，像梦一般；那偶然闪烁着的光芒，就是梦的眼睛了。我们坐在舱前，因了那隆起的顶棚，仿佛总是昂着首向前走着似的；于是飘飘然如御风而行的我们，看着那些自在的湾泊着的船，船里走马灯般的人物，便像是下界一般，迢迢的远了，又像在雾里看花，尽朦朦胧胧的。这时我们已过了利涉桥，望见东关头了。沿路听见断续的歌声：有从沿河的妓楼飘来的，有从河上船里度来的。我们明知那些歌声，只是些因袭的言词，从生涩的歌喉里机械的发出来的；但它们经了夏夜的微风的吹漾和水波的摇拂，袅娜着到我们耳边的时候，已经不单是她们的歌声，而混着微风和河水的密语了。于是我们不得不被牵惹着，震撼着，相与浮沉于这歌声里了。从东关头转湾，不久就到大中桥。大中桥共有三个桥拱，都很阔大，俨然是三座门儿；使我们觉得我们的船和船里的我们，在桥下过去时，真是太无颜色了。桥砖是深褐色，表明它的历史的长久；但都完好无缺，令人太息于古昔工程的坚美。桥上两旁都是木壁的房子，中间应该有街路？这些房子都破旧了，多年烟熏的迹，遮没了当年的美丽。我想象秦淮河的极盛时，在这样宏阔的桥上，特地盖了房子，必然是髹漆得富富丽丽的；晚间必然是灯火通明的。现在却只剩下一片黑沉沉！但是桥上造着房子，毕竟使我们多少可以想见往日的繁华；这也慰情聊胜无了。过了大中桥，便到了灯月交辉、笙歌彻夜的秦淮河；这才是秦淮河的真面目哩。

大中桥外，顿然空阔，和桥内两岸排着密密的人家的大异了。一眼望去，疏疏的林，淡淡的月，衬着蓝蔚的天，颇像荒江野渡光景；那边呢，郁丛丛的，阴森森的，又似乎藏着无边的黑暗：令人几乎不信那是繁华的秦淮河了。但是河中眩晕着的灯光，纵横着的画舫，悠扬着的笛韵，夹着那吱吱的胡琴声，终于使我们认识绿如茵、陈如酒的秦淮水了。此地天裸露着的多些，故觉夜来的独迟些；从清清的水影里，我们感到的只是薄薄的夜——这正是秦淮河的夜。大中桥外，本来还有一座复成桥，是船夫口中的我们的游踪尽处，或也是秦淮河繁华的尽处了。我的脚曾踏过复成桥的脊，在十三四岁的时候。但是两次游秦淮河，却都不曾见着复成桥的面；明知总在前途的，却常觉得有些虚无缥缈似的。我想，不见倒也好。这时正是盛夏。我们下船后，借着新生的晚凉和河上的微风，暑气已渐渐销散；到了此地，豁然开朗，身子顿然轻了——习习的清风荏苒在面上，手上，衣上，这便又感到了一缕新凉了。南京的日光，大概没有杭州猛烈；西湖的夏夜老是热蓬蓬的，水像沸着一般，秦淮河的水却尽是这样冷冷的绿着。任你人影的憧憧，歌声的扰扰，总像隔着一层薄薄的绿纱面幂似的；它尽是这样静静的，冷冷的绿着。我们出了大中桥，走不上半里路，船夫便将船划到一旁，停了桨由它宕着。他以为那里正是繁华的极点，再过去就是荒凉了；所以让我们多多赏鉴一会儿。他自己却静静的蹲着。他是看惯这光景的了，大约只是一个无可无不可。这无可无不可，无论是升的沉的，总之，都比我们高了。

那时河里闹热极了；船大半泊着，小半在水上穿梭似的来往。停泊着的都在近市的那一边，我们的船自然也夹在其中。因为这边略略的挤，便觉得那边十分的疏了。在每一只船从那边过去时，我们能画出它的轻轻的影和曲曲的波，在我们的心上；这显着是空，且显着是静了。那时处处都是歌声和凄厉的胡琴声，圆润的喉咙，确乎是很少的。但那生涩的、尖脆的调子能使人有少年的、粗率不拘的感觉，也正可快我们的意。况且多少隔开些儿听着，因为想象与渴慕的做美，总觉更有滋味；而竞发的喧嚣，抑扬的不齐，远近的杂沓，和乐器的嘈嘈切切，合成另一意味的谐音，也使我们无所适从，如随着大风而走。这实在因为我们的心枯涩久了，变为脆弱；故偶然润泽一下，便疯狂似的不能自主了。但秦淮河确也腻人。即如船里的人面，无论是和我们一堆儿泊着的，无论是从我们眼前过去的，总是模模糊糊的，甚至渺渺茫茫的；任你张圆了眼睛，揩净了眦垢，也是枉然。这真够人想呢。在我们停泊的地方，灯光原是纷然的；不过这些灯光都是黄而有晕的。黄已经不能明了，再加上了晕，便更不成了。灯愈多，晕就愈甚；在繁星般的黄的交错里，秦淮河仿佛笼上了一团光雾。光芒与雾气腾腾的晕着，什么都只剩了轮廓了；所以人面的详细的曲线，便消失于我们的眼底了。但灯光究竟夺不了那边的月色；灯光是浑的，月色是清的，在浑沌的灯光里，渗入了一派清辉，却真是奇迹！那晚月儿已瘦削了两三分。她晚妆才罢，盈盈的上了柳梢头。天是蓝得可爱，仿佛一汪水似的；月儿便更出落得精神了。岸上原有三株两株的垂杨树，淡淡的影子，在水里摇曳着。它们那柔细的枝条浴着月光，就像一支支美人的臂膊，交互的缠着，挽着；又像是月儿披着的发。而月儿偶然也从它们的交叉处偷偷窥看我们，大有小姑娘怕羞的样子。岸上另有几株不知名的老树，光光的立着；在月光里照起来。却又俨然是精神矍铄的老人。远处——快到天际线了，才有一两片白云，亮得现出异彩，像美丽的贝壳一般。白云下便是黑黑的一带轮廓；是一条随意画的不规则的曲线。这一段光景，和河中的风味大异了。但灯与月竟能并存着，交融着，使月成了缠绵的月，灯射着渺渺的灵辉；这正是天之所以厚秦淮河，也正是天之所以厚我们了。

这时却遇着了难解的纠纷。秦淮河上原有一种歌妓，是以歌为业的。从前都在茶舫上，唱些大曲之类。每日午后一时起；什么时候止，却忘记了。晚上照样也有一回。也在黄晕的灯光里。我从前过南京时，曾随着朋友去听过两次。因为茶舫里的人脸太多了，觉得不大适意，终于听不出所以然。前年听说歌妓被取缔了，不知怎的，颇涉想了几次——却想不出什么。这次到南京，先到茶舫上去看看，觉得颇是寂寥，令我无端的怅怅了。不料她们却仍在秦淮河里挣扎着，不料她们竟会纠缠到我们，我于是很张皇了。她们也乘着“七板子”，她们总是坐在舱前的。舱前点着石油汽灯，光亮眩人眼目：坐在下面的，自然是纤毫毕见了——引诱客人们的力量，也便在此了。舱里躲着乐工等人，映着汽灯的余辉蠕动着；他们是永远不被注意的。每船的歌妓大约都是二人；天色一黑。她们的船就在大中桥外往来不息的兜生意。无论行着的船，泊着的船，都要来兜揽的。这都是我后来推想出来的。那晚不知怎样，忽然轮着我们的船了。我们的船好好的停着，一只歌舫划向我们来的；渐渐和我们的船并着了。铄铄的灯光逼得我们皱起了眉头；我们的风尘色全给它托出来了，这使我踧踖不安了。那时一个伙计跨过船来，拿着摊开的歌折，就近塞向我的手里，说："点几出吧！"他跨过来的时候，我们船上似乎有许多眼光跟着。同时相近的别的船上也似乎有许多眼睛炯炯的向我们船上看着。我真窘了！我也装出大方的样子，向歌妓们瞥了一眼，但究竟是不成的！我勉强将那歌折翻了一翻，却不曾看清了几个字；便赶紧递还那伙计，一面不好意思地说，"不要，我们……不要。"他便塞给平伯。平伯掉转头去，摇手说，"不要！"那人还腻着不走。平伯又回过脸来，摇着头道，"不要！"于是那人重到我处。我窘着再拒绝了他。他这才有所不屑似的走了。我的心立刻放下，如释了重负一般。我们就开始自白了。

我说我受了道德律的压迫，拒绝了她们；心里似乎很抱歉的。这所谓抱歉，一面对于她们，一面对于我自己。她们于我们虽然没有很奢的希望；但总有些希望的。我们拒绝了她们，无论理由如何充足，却使她们的希望受了伤；这总有几分不做美了。这是我觉得很怅怅的。至于我自己，更有一种不足之感。我这时被四面的歌声诱惑了，降服了；但是远远的，远远的歌声总仿佛隔着重衣搔痒似的，越搔越搔不着痒处。我于是憧憬着贴耳的妙音了。在歌舫划来时，我的憧憬，变为盼望；我固执的盼望着，有如饥渴。虽然从浅薄的经验里，也能够推知，那贴耳的歌声，将剥去了一切的美妙；但一个平常的人像我的，谁愿凭了理性之力去丑化未来呢？我宁愿自己骗着了。不过我的社会感性是很敏锐的；我的思力能拆穿道德律的西洋镜，而我的感情却终于被它压服着，我于是有所顾忌了，尤其是在众目昭彰的时候。道德律的力，本来是民众赋予的；在民众的面前，自然更显出它的威严了。我这时一面盼望，一面却感到了两重的禁制：一，在通俗的意义上，接近妓者总算一种不正当的行为；二，妓是一种不健全的职业，我们对于她们，应有哀矜勿喜之心，不应赏玩的去听她们的歌。在众目睽睽之下，这两种思想在我心里最为旺盛。她们暂时压倒了我的听歌的盼望，这便成就了我的灰色的拒绝。那时的心实在异常状态中，觉得颇是昏乱。歌舫去了，暂时宁靖之后，我的思绪又如潮涌了。两个相反的意思在我心头往复：卖歌和卖淫不同，听歌和狎妓不同，又干道德甚事？——但是，但是，她们既被逼的以歌为业，她们的歌必无艺术味的；况她们的身世，我们究竟该同情的。所以拒绝倒也是正办。但这些意思终于不曾撇开我的听歌的盼望。它力量异常坚强；它总想将别的思绪踏在脚下。从这重重的争斗里，我感到了浓厚的不足之感。这不足之感使我的心盘旋不安，起坐都不安宁了。唉！我承认我是一个自私的人！平伯呢，却与我不同。他引周启明先生的诗，“因为我有妻子，所以我爱一切的女人，因为我有子女，所以我爱一切的孩子。”他的意思可以见了。他因为推及的同情，爱着那些歌妓，并且尊重着她们，所以拒绝了她们。在这种情形下，他自然以为听歌是对于她们的一种侮辱。但他也是想听歌的，虽然不和我一样，所以在他的心中，当然也有一番小小的争斗；争斗的结果，是同情胜了。至于道德律，在他是没有什么的；因为他很有蔑视一切的倾向，民众的力量在他是不大觉着的。这时他的心意的活动比较简单，又比较松弱，故事后还怡然自若；我却不能了。这里平伯又比我高了。

在我们谈话中间，又来了两只歌舫。伙计照前一样的请我们点戏，我们照前一样的拒绝了。我受了三次窘，心里的不安更甚了。清艳的夜景也为之减色。船夫大约因为要赶第二趟生意，催着我们回去；我们无可无不可的答应了。我们渐渐和那些晕黄的灯光远了，只有些月色冷清清的随着我们的归舟。我们的船竟没个伴儿，秦淮河的夜正长哩！到大中桥近处，才遇着一只来船。这是一只载妓的板船，黑漆漆的没有一点光。船头上坐着一个妓女；暗里看出，白地小花的衫子，黑的下衣。她手里拉着胡琴，口里唱着青衫的调子。她唱得响亮而圆转；当她的船箭一般驶过去时，余音还袅袅的在我们耳际，使我们倾听而向往。想不到在弩末的游踪里，还能领略到这样的清歌！这时船过大中桥了，森森的水影，如黑暗张着巨口，要将我们的船吞了下去，我们回顾那渺渺的黄光，不胜依恋之情；我们感到了寂寞了！这一段地方夜色甚浓，又有两头的灯火招邀着；桥外的灯火不用说了，过了桥另有东关头疏疏的灯火。我们忽然仰头看见依人的素月，不觉深悔归来之早了！走过东关头，有一两只大船湾泊着，又有几只船向我们来着。嚣嚣的一阵歌声人语，仿佛笑我们无伴的孤舟哩。东关头转湾，河上的夜色更浓了；临水的妓楼上，时时从帘缝里射出一线一线的灯光；仿佛黑暗从酣睡里眨了一眨眼。我们默然的对着，静听那“汩——汩”的桨声，几乎要入睡了；朦胧里却温寻着适才的繁华的余味。我那不安的心在静里愈显活跃了！这时我们都有了不足之感，而我的更其浓厚。我们却只不愿回去，于是只能由懊悔而怅惘了。船里便满载着怅惘了。直到利涉桥下，微微嘈杂的人声，才使我豁然一惊；那光景却又不同。右岸的河房里，都大开了窗户，里面亮着晃晃的电灯，电灯的光射到水上，蜿蜒曲折，闪闪不息，正如跳舞着的仙女的臂膊。我们的船已在她的臂膊里了；如睡在摇篮里一样，倦了的我们便又入梦了。那电灯下的人物，只觉像蚂蚁一般，更不去萦念。这是最后的梦；可惜是最短的梦！黑暗重复落在我们面前，我们看见傍岸的空船上一星两星的、枯燥无力又摇摇不定的灯光。我们的梦醒了，我们知道就要上岸了；我们心里充满了幻灭的情思。

1923年10月11日作完，于温州

（原载1924年1月25日《东方杂志》第21卷第2号20周年纪念号）

温州的踪迹

一　“月朦胧，鸟朦胧，帘卷海棠红”[①]

这是一张尺多宽的小小的横幅，马孟容君画的。上方的左角，斜着一卷绿色的帘子，稀疏而长；当纸的直处三分之一，横处三分之二。帘子中央，着一黄色的，茶壶嘴似的钩儿——就是所谓软金钩么？“钩弯”垂着双穗，石青色；丝缕微乱，若小曳于轻风中。纸右一圆月，淡淡的青光遍满纸上；月的纯净，柔软与平和，如一张睡美人的脸。从帘的上端向右斜伸而下，是一枝交缠的海棠花。花叶扶疏，上下错

① 画题，系旧句。

落着，共有五丛；或散或密，都玲珑有致。叶嫩绿色，仿佛掐得出水似的；在月光中掩映着，微微有浅深之别。花正盛开，红艳欲流；黄色的雄蕊历历的，闪闪的，衬托在丛绿之间，格外觉着妖娆了。枝欹斜而腾挪，如少女的一只臂膊。枝上歇着一对黑色的八哥，背着月光，向着帘里。一只歇得高些，小小的眼儿半睁半闭的，似乎在入梦之前，还有所留恋似的。那低些的一只别过脸来对着这一只，已缩着颈儿睡了。帘下是空空的，不着一些痕迹。

试想在圆月朦胧之夜，海棠是这样的妩媚而嫣润；枝头的好鸟为什么却双栖而各梦呢？在这夜深人静的当儿，那高踞着的一只八哥儿，又为何尽撑着眼皮儿不肯睡去呢？他到底等什么来着？舍不得那淡淡的月儿么？舍不得那疏疏的帘儿么？不，不，不，您得到帘下去找，您得向帘中去找——您该找着那卷帘人了？他的情韵风怀，原是这样这样的哟！朦胧的岂独月呢；岂独鸟呢？但是，咫尺天涯，教我如何耐得？

我拚着千呼万唤；你能够出来么？

这页画布局那样经济，设色那样柔活，故精彩足以动人。虽是区区尺幅，而情韵之厚，已足沦肌浃髓而有余。我看了这画。瞿然而惊：留恋之怀，不能自已。故将所感受的印象细细写出，以志这一段因缘。但我于中西的画都是门外汉，所说的话不免为内行所笑。——那也只好由他了。

1924年2月1日，温州作

二 绿

我第二次到仙岩[1]的时候，我惊诧于梅雨潭的绿了。

梅雨潭是一个瀑布潭。仙岩有三个瀑布，梅雨瀑最低。走到山边，便听见"花花花花"的声音；抬起头，镶在两条湿湿的黑边儿里的，一带白而发亮的水便呈现于眼前了。我们先到梅雨亭。梅雨亭正对着那条瀑布；坐在亭边，不必仰头，便可见它的全体了。亭下深深的便是梅雨潭。这个亭踞在突出的一角的岩石上，上下都空空儿的；仿佛一只苍鹰展着翼翅浮在天宇中一般。三面都是山，像半个环儿拥着；人如在井底了。这是一个秋季的薄阴的天气。微微的云在我们顶上流着；岩面与草丛都从润湿中透出几分油油的绿意。而瀑布也似乎分外的响了。那瀑布从上面冲下，仿佛已被扯成大小的几绺；不复是一幅整齐而平滑的布。岩上有许多棱角；瀑流经过时，作急剧的撞击，便飞花碎玉般乱溅着了。

---

① 山名，瑞安的胜迹。

那溅着的水花。晶莹而多芒；远望去，像一朵朵小小的白梅。微雨似的纷纷落着。据说，这就是梅雨潭之所以得名了。但我觉得像杨花，格外确切些。轻风起来时，点点随风飘散，那更是杨花了。——这时偶然有几点送入我们温暖的怀里，便倏的钻了进去，再也寻它不着。

梅雨潭闪闪的绿色招引着我们；我们开始追捉她那离合的神光了。揪着草，攀着乱石，小心探身下去，又鞠躬过了一个石穹门，便到了汪汪一碧的潭边了。瀑布在襟袖之间；但我的心中已没有瀑布了。我的心随潭水的绿而摇荡。那醉人的绿呀！仿佛一张极大极大的荷叶铺着，满是奇异的绿呀。我想张开两臂抱住她；但这是怎样一个妄想呀。——站在水边，望到那面，居然觉着有些远呢！这平铺着，厚积着的绿，着实可爱。她松松的皱缬着，像少妇拖着的裙幅；她轻轻的摆弄着，像跳动的初恋的处女的心；她滑滑的明亮着，像涂了明油一般，有鸡蛋清那样软，那样嫩，令人想着所曾触过的最嫩的皮肤；她又不杂些儿尘滓，宛然一块温润的碧玉，只清清的一色——但你却看不透她！我曾见过北京什刹海拂地的绿杨，脱不了鹅黄的底子，似乎太淡了。我又曾见过杭州虎跑寺近旁高峻而深密的“绿壁”，丛叠着无穷的碧草与绿叶的，那又似乎太浓了。其余呢，西湖的波太明了，秦淮河的也太暗了。可爱的，我将什么来比拟你呢？我怎么比拟得出呢？大约潭是很深的，故能蕴蓄着这样奇异的绿；仿佛蔚蓝的天融了一块在里面似的，这才这般的鲜润呀。——那醉人的绿呀！我若能裁你以为带，我将赠给那轻盈的舞女；她必能临风飘举了。我若能挹你以为眼，我将赠给那善歌的盲妹；她必明眸善睐了。我舍不得你；我怎舍得你呢？我用手拍着你，抚摩着你，如同一个十二三岁的小姑娘。我又掬你入口，便是吻着她了。我送你一个名字，我从此叫你"女儿绿"，好么？

我第二次到仙岩的时候，我不禁惊诧于梅雨潭的绿了。

2月8日，温州作

三　白水漈[1]

几个朋友伴我游白水漈。这也是个瀑布；但是太薄了，又太细了。有时闪着些须的白光；等你定睛看去，却又没有——只剩一片飞烟而已。从前有所谓"雾縠"，大概就是这样了。所以如此，全由于岩石中间突然空了一段；水到那里，无可凭依，凌虚飞下，便扯得又薄又细了。当那空处，

---

① 漈，方言，指瀑布。

最是奇迹。白光嬗为飞烟，已是影子，有时却连影子也不见。有时微风过来，用纤手挽着那影子，它便袅袅的成了一个软弧；但她的手才松，它又像橡皮带儿似的，立刻伏伏帖帖的缩回来了。我所以猜疑，或者另有双不可知的巧手，要将这些影子织成一个幻网。——微风想夺了她的，她怎么肯呢？

幻网里也许织着诱惑；我的依恋便是个老大的证据。

3月16日，宁波作

四　生命的价格——七毛钱

生命本来不应该有价格的；而竟有了价格！人贩子，老鸨，以至近来的绑票土匪，都就他们的所有物，标上参差的价格，出卖于人；我想将来许还有公开的人市场呢！在种种“人货”里，价格最高的，自然是土匪们的票了，少则成千，多则成万；大约是有历史以来，“人货”的最高的行情了。其次是老鸨们所有的妓女，由数百元到数千元，是常常听到的。最贱的要算是人贩子的货色！他们所有的，只是些男女小孩，只是些“生货”，所以便卖不起价钱了。

人贩子只是“仲买人”，他们还得取给于“厂家”，便是出卖孩子们的人家。“厂家”的价格才真是道地呢！《青光》里曾有一段记载，说三块钱买了一个丫头；那是移让过来的，但价格之低，也就够令人惊诧了！“厂家”的价格，却还有更低的！三百钱、五百钱买一个孩子，在灾荒时不算难事！但我不曾见过。我亲眼看见的一条最贱的生命，是七毛钱买来的！这是一个五岁的女孩子。一个五岁的女孩子卖七毛钱，也许不能算是最贱；但请您细看：将一条生命的自由和七枚小银元各放在天平的一个盘里，您将发现，正如九头牛与一根牛毛一样，两个盘儿的重量相差实在太远了！

我见这个女孩，是在房东家里。那时我正和孩子们吃饭；妻走来叫我看一件奇事，七毛钱买来的孩子！孩子端端正正的坐在条凳上；面孔黄黑色，但还丰润；衣帽也还整洁可看。我看了几眼，觉得和我们的孩子也没有什么差异；我看不出她的低贱的生命的符记——如我们看低贱的货色时所容易发见的符记。我回到自己的饭桌上，看看阿九和阿菜，始终觉得和那个女孩没有什么不同！但是，我毕竟发见真理了！我们的孩子所以高贵，正因为我们不曾出卖他们，而那个女孩所以低贱，正因为她是被出卖的；这就是她只值七毛钱的缘故了！

呀，聪明的真理！

妻告诉我这孩子没有父母，她哥嫂将她卖给房东家姑爷开的银匠店里的伙计，便是带着她吃饭的那个人。他似乎没有老婆，手头很窘的，而且喜欢喝酒，是一个糊涂的人！我想这孩子父母若还在世，或者还舍不得卖她，至少也要迟几年卖她；因为她究竟是可怜可怜的小羔羊。到了哥嫂的手里，情形便不同了！家里总不宽裕，多一张嘴吃饭，多费些布做衣，是显而易见的。将来人大了，由哥嫂卖出，究竟是为难的；说不定还得找补些儿，才能送出去。这可多么冤呀！不如趁小的时候，谁也不注意，做个人情，送了干净！您想，温州不算十分穷苦的地方，也没碰着大荒年，干什么得了七个小毛钱，就心甘情愿的将自己的小妹子捧给人家呢？说等钱用？谁也不信！七毛钱了得什么急事？温州又不是没人买的！大约买卖两方本来相知；那边恰要个孩子顽儿，这边也乐得出脱，便半送半卖的含糊定了交易。我猜想那时伙计向袋里一摸，一股脑儿掏了出来，只有七手钱！哥哥原也不指望着这笔钱用，也就大大方方收了完事。于是财货两交，那女孩便归伙计管业了！

这一笔交易的将来，自然是在运命手里；女儿本姓“碰”，由她去碰罢了！但可知的，运命决不加惠于她！第一幕的戏已启示于我们了！照妻所说，那伙计必无这样耐心，抚养她成人长大！他将像豢养小猪一样，等到相当的肥壮的时候，便卖给屠户，任他宰割去；这其间他得了赚头，是理所当然的！但屠户是谁呢？在她卖做丫头的时候，便是主人！“仁慈的”主人只宰割她相当的劳力，如养羊而剪它的毛一样。到了相当的年纪，便将她配人。能够这样，她虽然被撤在丫头坯里，却还算不幸中之幸哩。但在目下这钱世界里，如此大方的人究竟是少的；我们所见的，十有六七是刻薄人！她若卖到这种人手里，他们必搒榨她过量的劳力。供不应求时，便骂也来了，打也来了！等她成熟时，却又好转卖给人家作妾；平常搒榨的不够，这儿又找补一个尾子！偏生这孩子模样儿又不好；入门不能得丈夫的欢心，容易遭大妇的凌虐，又是显然的！她的一生，将消磨于眼泪中了！也有些主人自己收婢作妾的；但红颜白发，也只空断送了她的一生！和前例相较，只是五十步与百步而已。——更可危的，她若被那伙计卖在妓院里，老鸨才真是个令人肉颤的屠户呢！我们可以想到：她怎样逼她学弹学唱，怎样驱遣她去做粗活！怎样用藤筋打她，用针刺她！怎样督责她承欢卖笑！她怎样吃残羹冷饭！怎样打熬着不得睡觉！怎样终于生了一身毒疮！她的相貌使她只能做下等妓女；她的沦落风尘是终生的！她的悲剧也是终生的！——唉！七毛钱竟买了你的全生命——你的血肉之躯竟抵不上区区七个小银元么！生命真太贱了！生命真太贱了！

因此想到自己的孩子的运命，真有些胆寒！钱世界里的生命市场存在一日，都是我们孩子的危险！都是我们孩子的侮辱！您有孩子的人呀，想想看，这是谁之罪呢？这是谁之责呢？

4月9日，宁波作

原载《我们的七月》

航船中的文明

第一次乘夜航船，从绍兴府桥到西兴渡口。

绍兴到西兴本有汽油船。我因急于来杭，又因年来逐逐于火车轮船之中，也想回到航船里，领略先代生活的异样的趣味；所以不顾亲戚们的坚留和劝说（他们说航船里是很苦的），毅然决然的于下午六时左右下了船。有了物质文明的汽油船，却又有精神文明的航船，使我们徘徊其间，左右顾而乐之，真是二十世纪中国人的幸福了！

航船中的乘客大都是小商人；两个军弁是例外。满船没有一个士大夫；我区区或者可充个数儿，——因为我曾读过几年书，又忝为大夫之后——但也是例外之例外！真的，那班士大夫到哪里去了呢？这不消说得，都到了轮船里去了！

士大夫虽也擎着大旗拥护精神文明，但千虑不免一失，竟为那物质文明的孙儿，满身洋油气的小顽意儿骗得定定的，忍心害理的撇了那老相好。于是航船虽然照常行驶，而光彩已减少许多！这确是一件可以慨叹的事；而国粹将亡的呼声，似也不是徒然的了。呜呼，是谁之咎欤？

既然来到这精神文明的航船里，正可将船里的精神文明考察一番，才不虚此一行。但从那里下手呢？这可有些为难，踌躇之间，恰好来了一个女人。——我说来了，仿佛亲眼看见，而孰知不然；我知道她来了，是在听见她尖锐的语音的时候。至于她的面貌，我至今还没有看见呢。这第一要怪我的近视眼，第二要怪那袭人的暮色，第三要怪——哼——要怪那男女分坐的精神文明了。女人坐在前面，男人坐在后面；那女人离我至少有两丈远，所以便不可见其脸了。且慢，这样左怪右怪，其词若有憾焉，你们或者猜想那女人怎样美呢。而孰知又大大的不然！我也曾约略的看来，都是乡下的黄面婆而已。至于尖锐的语音，那是少年的妇女所常有的，倒也不足为奇。然而这一次，那来了的女人的尖锐的语音竟致劳动区区的执笔者，却又另有缘故。在那语音里，表示出对于航船里精神文明的抗议；她说，男人女人都是人！她要坐到后面来（因前面太挤，实无他故，合并声明)，而航船里的规矩是不许的。船家拦住她，她仗着她不是姑娘了，便老了脸皮，大着胆子，慢慢的说了那句话。她随即坐在原处，而批评家的议论繁然了。一个船家在船沿上走着，随便的说，男人女人都是人，是的，不错。做秤钩的也是铁，做秤锤的也是铁，做铁锚的也是铁，都是铁呀！这一段批评大约十分巧妙，说出诸位批评家所要说的，于是众喙都息，这便成了定论。至于那女人，事实上早已坐下了；孤掌难鸣，或者她饱饫了诸位批评家的宏论，也不要鸣了罢。是非之心，虽然人皆有之，而撑船经商者流，对于名教之大防，竟能剖辨得这样详明，也着实亏他们了。中国毕竟是礼义之邦，文明之古国呀！——我悔不该乱怪那男女分坐的精神文明了！

祸不单行，凑巧又来了一个女人。她是带着男人来的。——呀，带着男人！正是；所以才祸不单行呀！——说得满口好绍兴的杭州话，在黑暗里隐隐露着一张白脸；带着五六分城市气。船家照他们的规矩，要将这一对儿生刺刺的分开；男人不好意思做声，女的却抢着说，我们是一堆生①的！太亲热的字眼，竟在规规矩矩的航船里说了！于是船家命令的嚷道：我们有我们的规矩，不管你一堆生不一堆生

① 原注：一块儿也。

的！大家都微笑了。有的沉吟的说：一堆生的？有的惊奇的说：一堆生的！有的嘲讽的说：哼，一堆生的！在这四面楚歌里，凭你怎样伶牙俐齿，也只得服从了！妇者，服也，这原是她的本行呀。只看她毫不置辩，毫不懊恼，还是若无其事的和人攀谈，便知她确乎是服也了。这不能不感谢船家和乘客诸公卫道之功；而论功行赏，船家尤当首屈一指。呜呼，可以风矣！

在黑暗里征服了两个女人，这正是我们的光荣；而航船中的精神文明，也粲然可见了——于是乎书。

1924 年 5 月 3 日

背　影

我与父亲不相见已二年余了，我最不能忘记的是他的背影。那年冬天，祖母死了，父亲的差使也交卸了，正是祸不单行的日子，我从北京到徐州，打算跟着父亲奔丧回家。到徐州见着父亲，看见满院狼藉的东西，又想起祖母，不禁簌簌地流下眼泪。父亲说，事已如此，不必难过，好在天无绝人之路！

回家变卖典质，父亲还了亏空；又借钱办了丧事。这些日子，家中光景很是惨淡，一半为了丧事，一半为了父亲赋闲。丧事完毕，父亲要到南京谋事，我也要回北京念书，我们便同行。

到南京时，有朋友约去游逛，勾留了一日；第二日上午便须渡江到浦口，下午上车北去。父亲因为事忙，本已说定不送我，叫旅馆里一个熟识的茶房陪我同去。他再三嘱咐茶房，甚是仔细。但他终于不放心，怕茶房不妥帖；颇踌躇了一会。其实我那年已二十岁，北京已来往过两三次，是没有甚么要紧的了。他踌躇了一会，终于决定还是自己送我去。我两三回劝他不必去；他只说，不要紧，他们去不好！

我们过了江，进了车站。我买票，他忙着照看行李。行李太多了，得向脚夫行些小费，才可过去。他便又忙着和他们讲价钱。我那时真是聪明过分，总觉他说话不大漂亮，非自己插嘴不可。但他终于讲定了价钱；就送我上车。他给我拣定了靠车门的一张椅子；我将他给我做的紫毛大衣铺好坐位。他嘱我路上小心，夜里警醒些，不要受凉。又嘱托茶房好好照应我。我心里暗笑他的迂；他们只认得钱，托他们直是白托！而且我这样大年纪的人，难道还不能料理自己么？唉，我现在想想，那时真是太聪明了！

我说道："爸爸，你走吧。"他望车外看了看，说："我买几个橘子去。你就在此地，不要走动。"我看那边月台的栅栏外有几个卖东西的等着顾客。走到那边月台，须穿过铁道，须跳下去又爬上去。父亲是一个胖子，走过去自然要费事些。我本来要去的，他不肯，只好让他去。我看见他戴着黑布小帽，穿着黑布大马褂，深青布棉袍，蹒跚地走到铁道边，慢慢探身下去，尚不大难。可是他穿过铁道，要爬上那边月台，就不容易了。他用两手攀着上面，两脚再向上缩；他肥胖的身子向左微倾，显出努力的样子。这时我看见他的背影，我的泪很快地流下来了。我赶紧拭干了泪，怕他看见，也怕别人看见。我再向外看时，他已抱了朱红的橘子望回走了。过铁道时，他先将橘子散放在地上，自己慢慢爬下，再抱起橘子走。到这边时，我赶紧去搀他。他和我走到车上，将橘子一股脑儿放在我的皮大衣上。于是扑扑衣上的泥土，心里很轻松似的，过一会说："我走了。到那边来信！"我望着他走出去。他走了几步，回过头看见我，说："进去吧，里边没人。"等他的背影混入来来往往的人里，再找不着了，我便进来坐下，我的眼泪又来了。

近几年来，父亲和我都是东奔西走，家中光景是一日不如一日。他少年出外谋生，独力支持，做了许多大事。那知老境却如此颓唐！他触目伤怀，自然情不能自已。情郁于中，自然要发之于外；家庭琐屑便往往触他之怒。他待我渐渐不同往日。但最近两年的不见，他终于忘却我的不好，只是惦记着我，惦记着我的儿子。我北来后，他写了一信给我，信中说道："我身体平安，惟膀子疼痛利害，举箸提笔，诸多不便，大约大去之期不远矣。”我读到此处，在晶莹的泪光中，又看见那肥胖的、青布棉袍、黑布马褂的背影。唉！我不知何时再能与他相见！

1925 年 10 月在北京

（原载 1925 年 11 月 22 日《文学周报》第 200 期）

荷塘月色

这几天心里颇不宁静。今晚在院子里坐着乘凉，忽然想起日日走过的荷塘，在这满月的光里，总该另有一番样子吧。月亮渐渐地升高了，墙外马路上孩子们的欢笑，已经听不见了；妻在屋里拍着闰儿，迷迷糊糊地哼着眠歌。我悄悄地披了大衫，带上门出去。

沿着荷塘，是一条曲折的小煤屑路。这是一条幽僻的路；白天也少人走，夜晚更加寂寞。荷塘四面，长着许多树，蓊蓊郁郁的。路的一旁，是些杨柳，和一些不知道名字的树。没有月光的晚上，这路上阴森森的，有些怕人。今晚却很好，虽然月光也还是淡淡的。

路上只我一个人，背着手踱着。这一片天地好像是我的；我也像超出了平常的自己，到了另一世界里。我爱热闹，也爱冷静；爱群居，也爱独处。像今晚上，一个人在这苍茫的月下，什么都可以想，什么都可以不想，便觉是个自由的人。白天里一定要做的事，一定要说的话，现在都可不理。这是独处的妙处，我且受用这无边的荷香月色好了。

曲曲折折的荷塘上面，弥望的是田田的叶子。叶子出水很高，像亭亭的舞女的裙。层层的叶子中间，零星地点缀着些白花，有袅娜地开着的，有羞涩地打着朵儿的；正如一粒粒的明珠，又如碧天里的星星，又如刚出浴的美人。微风过处，送来缕缕清香，仿佛远处高楼上渺茫的歌声似的。这时候叶子与花也有一丝的颤动，像闪电般，霎时传过荷塘的那边去了。叶子本是肩并肩密密地挨着，这便宛然有了一道凝碧的波痕。叶子底下是脉脉的流水，遮住了，不能见一些颜色；而叶子却更见风致了。

月光如流水一般，静静地泻在这一片叶子和花上。薄薄的青雾浮起在荷塘里。叶子和花仿佛在牛乳中洗过一样；又像笼着轻纱的梦。虽然是满月，天上却有一层淡淡的云，所以不能朗照；但我以为这恰是到了好处——酣眠固不可少，小睡也别有风味的。月光是隔了树照过来的，高处丛生的灌木，落下参差的斑驳的黑影，峭楞楞如鬼一般；弯弯的杨柳的稀疏的倩影，却又像是画在荷叶上。塘中的月色并不均匀；但光与影有着和谐的旋律，如梵婀玲上奏着的名曲。

荷塘的四面，远远近近，高高低低都是树，而杨柳最多。这些树将一片荷塘重重围住；只在小路一旁，漏着几段空隙，像是特为月光留下的。树色一例是阴阴的，乍看像一团烟雾；但杨柳的丰姿，便在烟雾里也辨得出。树梢上隐隐约约的是一带远山，只有些大意罢了。树缝里也漏着一两点路灯光，没精打采的，是渴睡人的眼。这时候最热闹的，要数树上的蝉声与水里的蛙声；但热闹是它们的，我什么也没有。

忽然想起采莲的事情来了。采莲是江南的旧俗，似乎很早就有，而六朝时为盛；从诗歌里可以约略知道。采莲的是少年的女子，她们是荡着小船，唱着艳歌去的。采莲人不用说很多，还有看采莲的人。那是一个热闹的季节，也是一个风流的季节。梁元帝《采莲赋》里说得好：

> 于是妖童媛女，荡舟心许。鷁首徐回，兼传羽杯。櫂将移而藻挂，船欲动而萍开。尔其纤腰束素，迁延顾步。夏始春余，叶嫩花初。恐沾裳而浅笑，畏倾船而敛裾。

可见当时嬉游的光景了。这真是有趣的事，可惜我们现在早已无福消受了。

于是又记起《西洲曲》里的句子：

采莲南塘秋，莲花过人头。低头弄莲子，莲子清如水。

今晚若有采莲人，这儿的莲花也算得过人头了；只不见一些流水的影子，是不行的。这令我到底惦着江南了。——这样想着，猛一抬头，不觉已是自己的门前；轻轻地推门进去，什么声息也没有，妻已睡熟好久了。

1927 年 7 月，北京清华园

（原载 1927 年 7 月 10 日《小说月报》第 18 卷第 7 期）

一封信

在北京住了两年多了，一切平平常常地过去。要说福气，这也是福气了。因为平平常常，正像糊涂一样难得，特别是在这年头。但不知怎的，总不时想着在那儿过了五六年转徙无常的生活的南方。转徙无常，诚然算不得好日子；但要说到人生味，怕倒比平平常常时候容易深切地感着。现在终日看见一样的脸板板的天，灰蓬蓬的地；大柳高槐，只是大柳高槐而已。于是木木然，心上什么也没有；有的只是自己，自己的家。我想着我的渺小，有些战栗起来；清福究竟也不容易享的。

这几天似乎有些异样。像一叶扁舟在无边的大海上，像一个猎人在无尽的森林里。走路，说话，都要费很大的力气；还不能如意。心里是一团乱麻，也可说是一团火。似乎在挣扎着，要明白些什么，但似乎什么也没有明白。一部《十七史》，从何处说起，正可借来作近日的我的注脚。昨天忽然有人提起《我的南方》的诗。这是两年前初到北京，在一个村店里，喝了两杯莲花白以后，信笔涂出来的。于今想起那情景，似乎有些渺茫；至于诗中所说的，那更是遥遥乎远哉了，但是事情是这样凑巧：今天吃了午饭，偶然抽一本旧杂志来消遣，却翻着了三年前给S的一封信。信里说着台州，在上海、杭州、宁波之南的台州。这真是我的南方了。我正苦于想不出，这却指引我一条路，虽然只是一条路而已。

我不忘记台州的山水，台州的紫藤花，台州的春日，我也不能忘记S。他从前欢喜喝酒，欢喜骂人；但他是个有天真的人。他待朋友真不错。L从湖南到宁波去找他，不名一文；他陪他喝了半年酒才分手。他去年结了婚。为结婚的事烦恼了几个整年的他，这算是叶落归根了；但他也与我一样，已快上那中年的线了吧。结婚后我们见过一次，匆匆的一次。我想，他也和一切人一样，结了婚终于是结了婚的样子了吧。但我老只是记着他那喝醉了酒，很妩媚的骂人的意态；这在他或已懊悔着了。

南方这一年的变动，是人的意想所赶不上的。我起初还知道他的踪迹；这半年是什么也不知道了。他到底是怎样地过着这狂风似的日子呢？我所沉吟的正在此。我说过大海，他正是大海上的一个小浪；我说过森林，他正是森林里的一只小鸟。恕我，恕我，我向那里去找你？

这封信曾印在台州师范学校的《绿丝》上。我现在重印在这里；这是我眼前一个很好的自慰的法子。

九月二十七日记

S兄：

…………

我对于台州，永远不能忘记！我第一日到六师校时，系由埠头坐了轿子去的。轿子走的都是僻路；使我诧异，为什么堂堂一个府城，竟会这样冷静！那时正是春天，而因天气的薄阴和道路的幽寂，使我宛然如入了秋之国土。约莫到了卖冲桥边，我看见那清绿的北固山，下面点缀着几带朴实的洋房子，心胸顿然开朗，仿佛微微的风拂过我的面孔似的。到了校里，登楼一望，见远山之上，都幂着白云。四面全无人声，也无人影；天上的鸟也无一只。只背后山上谡谡的松风略略可听而已。那时我真脱却人间烟火气而飘飘欲仙了！后来我虽然发见了那座楼实在太坏了：柱子如鸡骨，地板如鸡皮！但自然的宽大使我忘记了那房屋的狭窄。我于是曾好几次爬到北固山的顶上，去领略那飕飕的高风，看那低低的，小小的，绿绿的田亩。这是我最高兴的。

来信说起紫藤花，我真爱那紫藤花！在那样朴陋——现在大概不那样朴陋了吧——的房子里，庭院中，竟有那样雄伟、那样繁华的紫藤花，真令我十二分惊诧！她的雄伟与繁华遮住了那朴陋，使人一对照，反觉朴陋倒是不可少似的，使人幻想美好的昔日！我也曾几度在花下徘徊：那时学生都上课去了，只剩我一人。暖和的晴日，鲜艳的花色，嗡嗡的蜜蜂，酝酿着一庭的春意。我自己如浮在茫茫的春之海里，不知怎么是好！那花真好看：苍老虬劲的枝干，这么粗这么粗的枝干，宛转腾挪而上；谁知她的纤指会那样嫩、那样艳丽呢？那花真好看：一缕缕垂垂的细丝，将她们悬在那皴裂的臂上，临风婀娜，真像嘻嘻哈哈的小姑娘，真像凝妆的少妇，像两颊又像双臂，像胭脂又像粉……我在他们下课的时候，又曾几度在楼头眺望：那丰姿更是撩人：云哟，霞哟，仙女哟！我离开台州以后，永远没见过那样好的紫藤花，我真惦记她，我真妒羡你们！

此外，南山殿望江楼上看浮桥（现在早已没有了），看憧憧的人在长长的桥上往来着；东湖水阁上，九折桥上看柳色和水光，看钓鱼的人；府后山沿路看田野，看天；南门外看梨花——再回到北固山，冬天在医院前看山上的雪；都是我喜欢的。说来可笑，我还记得我从前住过的旧仓头杨姓的房子里的一张画桌；那是一张红漆的、一丈光景长而狭的画桌，我放它在我楼上的窗前，在上面读书，和人谈话，过了我半年的生活。现在想已搁起来无人用了吧？唉！

台州一般的人真是和自然一样朴实；我一年里只见过三个上海装束的流氓！学生中我颇有记得的。前些时有位P君写信给我，我虽未有工夫作复，但心中很感谢！乘此机会请你为我转告一句。

我写的已多了；这些胡乱的话，不知可附载在《绿丝》的末尾，使它和我的旧友见见面么？

弟自清，1927年9月27日

（原载1927年10月14日《清华周刊·清华文艺副刊》第2期）

怀魏握青君

两年前差不多也是这些日子吧，我邀了几个熟朋友，在雪香斋给握青送行。雪香斋以绍酒著名。这几个人多半是浙江人，握青也是的，而又有一两个是酒徒，所以便拣了这地方。说到酒，莲花白太腻，白干太烈；一是北方的佳人，一是关西的大汉，都不宜于浅斟低酌。只有黄酒，如温旧书，如对故友，真是醰醰有味。只可惜雪香斋的酒还上了色；若是“竹叶青”，那就更妙了。握青是到美国留学去，要住上三年；这么远的路，这么多的日子，大家确有些惜别，所以那晚酒都喝得不少。出门分手，握青又要我去中天看电影。我坐下直觉头晕。握青说电影如何如何，我只糊糊涂涂听着；几回想张眼看，却什么也看不出。终于支持不住，出其不意，哇地吐出来了。观众都吃一惊，附近的人全堵上了鼻子；这真有些惶恐。握青扶我回到旅馆，他也吐了。但我们心里都觉得这一晚很痛快。我想握青该还记得那种狼狈的光景吧？

我与握青相识，是在东南大学。那时正是暑假，中华教育改进社借那儿开会。我与方光焘君去旁听，偶然遇着握青；方君是他的同乡，一向认识，便给我们介绍了。那时我只知道他很活动，会交际而已。匆匆一面，便未再见。三年前，我北来作教，恰好与他同事。我初到，许多事都不知怎样做好；他给了我许多帮助。我们同住在一个院子里，吃饭也在一处。因此常和他谈论。我渐渐知道他不只是很活动，会交际；他有他的真心，他有他的锐眼，他也有他的傻样子。许多朋友都以为他是个傻小子，大家都叫他老魏，连听差背地里也是这样叫他；这个太亲昵的称呼，只有他有。

但他决不如我们所想的那么“傻”，他是个玩世不恭的人——至少我在北京见着他是如此。那时他已一度受过人生的戒，从前所有多或少的严肃气分，暂时都隐藏起来了；剩下的只是那冷然的玩弄一切的态度。我们知道这种剑锋般的态度，若赤裸裸地露出，便是自己矛盾，所以总得用了什么法子盖藏着。他用的是一副傻子的面具。我有时要揭开他这副面具，他便说我是《语丝》派。但他知道我，并不比我知道他少。他能由我一个短语，知道全篇的故事。他对于别人，也能知道；但只默喻着，不大肯说出。他的玩世，在有些事情上，也许太随便些。但以或种意义说，他要复仇；人总是人，又有什么办法呢？至少我是原谅他的。以上其实也只说得他的一面；他有时也能为人尽心竭力。他曾为我决定一件极为难的事。我们沿着墙根，走了不知多少趟；他源源本本，条分缕析地将形势剖解给我听。你想，这岂是傻子所能做的？幸亏有这一面，他还能高高兴兴过日子；不然，没有笑，没有泪，只有冷脸，只有“鬼脸”，岂不郁郁地闷煞人！

我最不能忘的，是他动身前不多时的一个月夜。电灯灭后，月光照了满院，柏树森森地竦立着。屋内人都睡了；我们站在月光里，柏树旁，看着自己的影子。他轻轻地诉说他生平冒险的故事。说一会，静默一会。这是一个幽奇的境界。他叙述时，脸上隐约浮着微笑，就是他心地平静时常浮在他脸上的微笑；一面偏着头，老像发问似的。这种月光，这种院子，这种柏树，这种谈话，都很可珍贵；就由握青自己再来一次，怕也不一样的。

他走之前，很愿我做些文字送他；但又用玩世的态度说："怕不肯吧？我晓得，你不肯的。"我说："一定做，而且一定写成一幅横披——只是字不行些。"但是我惭愧我的懒，那"一定"早已几乎变成"不肯"了！而且他来了两封信，我竟未覆只字。这叫我怎样说好呢？我实在有种坏脾气，觉得路太遥远，竟有些渺茫一般，什么便都因循下来了。好在他的成绩很好，我是知道的；只此就很够了。别的，反正他明年就回来，我们再好好地谈几次，这是要紧的。——我想，握青也许不那么玩世了吧。

1928年5月25日夜

儿　女

我现在已是五个儿女的父亲了。想起圣陶喜欢用的“蜗牛背了壳”的比喻，便觉得不自在。新近一位亲戚嘲笑我说：“要剥层皮呢！”更有些悚然了。十年前刚结婚的时候，在胡适之先生的《藏晖室札记》里，见过一条，说世界上有许多伟大的人物是不结婚的；文中并引培根的话，“有妻子者，其命定矣。”当时确吃了一惊，仿佛梦醒一般。但是家里已是不由分说给娶了媳妇，又有甚么可说？现在是一个媳妇，跟着来了五个孩子；两个肩头上，加上这么重一副担子，真不知怎样走才好。“命定”是不用说了；从孩子们那一面说，他们该怎样长大，也正是可以忧虑的事。我是个彻头彻尾自私的人，做丈夫已是勉强，做父亲更是不成。自然，“子孙崇拜”“儿童本位”的哲理或伦理，我也有些知道；既做着父亲，闭了眼抹杀孩子们的权利，知道是不行的。可惜这只是理论，实际上我是仍旧按照古老的传统，在野蛮地对付着，和普通的父亲一样。近来差不多是中年的人了，才渐渐觉得自己的残酷；想着孩子们受过的体罚和叱责，始终不能辩解——像抚摩着旧创痕那样，我的心酸溜溜的。有一回，读了有岛武郎《与幼小者》的译文，对了那种伟大的，沉挚的态度，我竟流下泪来了。去年父亲来信，问起阿九，那时阿九还在白马湖呢；信上说：“我没有耽误你，你也不要耽误他才好。”我为这句话哭了一场；我为什么不像父亲的仁慈？我不该忘记，父亲怎样待我们来着！人性许真是二元的，我是这样地矛盾；我的心像钟摆似的来去。

你读过鲁迅先生的《幸福的家庭》么？我的便是那一类的“幸福的家庭”！每天午饭和晚饭，就如两次潮水一般。先是孩子们你来他去地在厨房与饭间里查看，一面催我或妻发“开饭”的命令。急促繁碎的脚步，夹着笑和嚷，一阵阵袭来，直到命令发出为止。他们一递一个地跑着喊着，将命令传给厨房里佣人；便立刻抢着回来搬凳子。于是这个说：“我坐这儿！”那个说：“大哥不让我！”大哥却说：“小妹打我！”我给他们调解，说好话。但是他们有时候很固执，我有时候也不耐烦，这便用着叱责了；叱责还不行，不由自主地，我的沉重的手掌便到他们身上了。于是哭的哭，坐的坐，局面才算定了。接着可又你要大碗，他要小碗，你说红筷子好，他说黑筷子好；这个要干饭，那个要稀饭，要茶要汤，要鱼要肉，要豆腐，要萝卜；你说他菜多，他说你菜好。妻是照例安慰着他们，但这显然是太迂缓了。我是个暴躁的人，怎么等得及？不用说，用老法子将他们立刻征服了；虽然有哭的，不久也就抹着泪捧起碗了。吃完了，纷纷爬下凳子，桌上是饭粒呀，汤汁呀，骨头呀，渣滓呀，加上纵横的筷子，欹斜的匙子，就如一块花花绿绿的地图模型。吃饭而外，他们的大事便是游戏。游戏时，大的有大主意，小的有小主意，各自坚持不下，于是争执起来；或者大的欺负了小的，或者小的竟欺负了大的，被欺负的哭着嚷着，到我或妻的面前诉苦；我大抵仍旧要用老法子来判断的，但不理的时候也有。最为难的，是争夺玩具的时候：这一个的与那一个的是同样的东西，却偏要那一个的；而那一个便偏不答应。在这种情形之下，不论如何，终于是非哭了不可的。这些事件自然不至于天天全有，但大致总有好些起。我若坐在家里看书或写什么东西，管保一点钟里要分几回心，或站起来一两次的。若是雨天或礼拜日，孩子们在家的多，那么，摊开书竟看不下一行，提起笔也写不出一个字的事，也有过的。我常和妻说："我们家真是成日的千军万马呀！"有时是不但成日，连夜里也有兵马在进行着，在有吃乳或生病的孩子的时候！

我结婚那一年，才十九岁。二十一岁，有了阿九；二十三岁，又有了阿菜。那时我正像一匹野马，那能容忍这些累赘的鞍鞯、辔头和缰绳？摆脱也知是不行的，但不自觉地时时在摆脱着。现在回想起来，那些日子，真苦了这两个孩子；真是难以宽宥的种种暴行呢！阿九才两岁半的样子，我们住在杭州的学校里。不知怎地，这孩子特别爱哭，又特别怕生人。一不见了母亲，或来了客，就哇哇地哭起来了。学校里住着许多人，我不能让他扰着他们，而客人也总是常有的；我懊恼极了，有一回，特地骗出了妻，关了门，将他按在地下打了一顿。这件事，妻到现在说起来，还觉得有些不忍；她说我的手太辣了，到底还是两岁半的孩子！我近年常想着那时的光景，也觉黯然。阿菜在台州，那是更小了；才过了周岁，还不大会走路。也是为了缠着母亲的缘故吧，我将她紧紧地按在墙角里，直哭喊了三四分钟；因此生了好几天病。妻说，那时真寒心呢！但我的苦痛也是真的。我曾给圣陶写信，说孩子们的折磨，实在无法奈何；有时竟觉着还是自杀的好。这虽是气愤的话，但这样的心情，确也有过的。后来孩子是多起来了，磨折也磨折得久了，少年的锋棱渐渐地钝起来了；加以增长的年岁增长了理性的裁制力，我能够忍耐了——觉得从前真是一个不成材的父亲，如我给另一个朋友信里所说。但我的孩子们在幼小时，确比别人的特别不安静，我至今还觉如此。我想这大约还是由于我们抚育不得法；从前只一味地责备孩子，让他们代我们负起责任，却未免是可耻的残酷了！

正面意义的“幸福”，其实也未尝没有。正如谁所说，小的总是可爱，孩子们的小模样、小心眼儿，确有些教人舍不得的。阿毛现在五个月了，你用手指去拨弄她的下巴，或向她做趣脸，她便会张开没牙的嘴格格地笑，笑得像一朵正开的花。她不愿在屋里待着；待久了，便大声儿嚷。妻常说，姑娘又要出去溜达了。她说她像鸟儿般，每天总得到外面溜一些时候。闰儿上个月刚过了三岁，笨得很，话还没有学好呢。他只能说三四个字的短语或句子，文法错误，发音模糊，又得费气力说出；我们老是要笑他的。他说“好”字，总变成“小”字；问他好不好？他便说“小”，或不“小”。我们常常逗着他说这个字玩儿；他似乎有些觉得，近来偶然也能说出正确的“好”字了——特别在我们故意说成“小”字的时候。他有一只搪瓷碗，是一毛来钱买的；买来时，老妈子教给他：“这是一毛钱。”他便记住“一毛”两个字，管那只碗叫“一毛”，有时竟省称为“毛”。这在新来的老妈子，是必需翻译了才懂的。他不好意思，或见着生客时，便咧着嘴痴笑；我们常用了土话，叫他做“呆瓜”。他是个小胖子，短短的腿，走起路来，蹒跚可笑；若快走或跑，便更“好看”了。他有时学我，将两手叠在背后，一摇一摆的；那是他自己和我们都要乐的。他的大姊便是阿菜，已是七岁多了，在小学校里念着书。在饭桌上，一定得啰啰唆唆地报告些同学或他们父母的事情；气喘喘地说着，不管你爱听不爱听。说完了总问我：“爸爸认识么?”“爸爸知道么?”妻常禁止她吃饭时说话，所以她总是问我。她的问题真多：看电影便问电影里的是不是人？是不是真人？怎么不说话？看照相也是一样。不知谁告诉她，兵是要打人的。她回来便问，兵是人么？为什么打人？近来大约听了先生的话，回来又问张作霖的兵是帮谁的？蒋介石的兵是不是帮我们的？诸如此类的问题，每天短不了，常常闹得我不知怎样答才行。她和闰儿在一处玩儿，一大一小，不很合式，老是吵着哭着。但合式的时候也有：譬如这个往床底下躲，那个便钻进去追着；这个钻出来，那个也跟着——从这个床到那个床，只听见笑着，嚷着，喘着，真如妻所说，像小狗似的。现在在京的，便只有这三个孩子；阿九和转儿是去年北来时，让母亲暂时带回扬州去了。阿九是欢喜书的孩子。他爱看《水浒》《西游记》《三侠五义》《小朋友》等；没有事便捧着书坐着或躺着看。只不欢喜《红楼梦》，说是没有味儿。是的，《红楼梦》的味儿，一个十岁的孩子，哪里能领略呢？去年我们事实上只能带两个孩子来；因为他大些，而转儿是一直跟着祖母的，便在上海将他俩丢下。我清清楚楚记得那分别的一个早上。我领着阿九从二洋泾桥的旅馆出来，送他到母亲和转儿住着的亲戚家去。妻嘱咐说："买点吃的给他们吧。"我们走过四马路，到一家茶食铺里。阿九说要熏鱼，我给买了；又买了饼干，是给转儿的。便乘电车到海宁路。下车时，看着他的害怕与累赘，很觉恻然。到亲戚家，因为就要回旅馆收拾上船，只说了一两句话便出来；转儿望望我，没说什么，阿九是和祖母说什么去了。我回头看了他们一眼，硬着头皮走了。后来妻告诉我，阿九背地里向她说："我知道爸爸欢喜小妹，不带我上北京去。"其实这是冤枉的。他又曾和我们说："暑假时一定来接我啊！"我们当时答应着；但现在已是第二个暑假了，他们还在迢迢的扬州待着。他们是恨着我们呢？还是惦着我们呢？妻是一年来老放不下这两个，常常独自暗中流泪；但我有什么法子呢！想到"只为家贫成聚散"一句无名的诗，不禁有些凄然。转儿与我较生疏些。但去年离开白马湖时，她也曾用了生硬的扬州话（那时她还没有到过扬州呢），和那特别尖的小嗓子向着我："我要到北京去。"她晓得什么北京，只跟着大孩子们说罢了；但当时听着，现在想着的我，却真是抱歉呢。这兄妹俩离开我，原是常事，离开母亲，虽也有过一回，这回可是太长了；小小的心儿，知道是怎样忍耐那寂寞来着！

我的朋友大概都是爱孩子的。少谷有一回写信责备我，说儿女的吵闹，也是很有趣的，何至可厌到如我所说；他说他真不解。子恺为他家华瞻写的文章，真是"蔼然仁者之言"。圣陶也常常为孩子操心：小学毕业了，到什么中学好呢？——这样的话，他和我说过两三回了。我对他们只有惭愧！可是近来我也渐渐觉着自己的责任。我想，第一该将孩子们团聚起来，其次便该给他们些力量。我亲眼见过一个爱儿女的人，因为不曾好好地教育他们，便将他们荒废了。他并不是溺爱，只是没有耐心去料理他们，他们便不能成材了。我想我若照现在这样下去，孩子们也便危险了。我得计划着，让他们渐渐知道怎样去做人才行。但是要不要他们像我自己呢？这一层，我在白马湖教初中学生时，也曾从师生的立场上问过丏尊，他毫不踌躇地说："自然啰。"近来与平伯谈起教子，他却答得妙："总不希望比自己坏啰。"是的，只要不“比自己坏”就行，“像”不“像”倒是不在乎的。职业，人生观等，还是由他们自己去定的好；自己顶可贵，只要指导，帮助他们去发展自己，便是极贤明的办法。

予同说：“我们得让子女在大学毕了业，才算尽了责任。”SK说：“不然，要看我们的经济，他们的材质与志愿；若是中学毕了业，不能或不愿升学，便去做别的事，譬如做工人吧，那也并非不行的。”自然，人的好坏与成败，也不尽靠学校教育；说是非大学毕业不可，也许只是我们的偏见。在这件事上，我现在毫不能有一定的主意；特别是这个变动不居的时代，知道将来怎样？好在孩子们还小，将来的事且等将来吧。目前所能做的，只是培养他们基本的力量——胸襟与眼光；孩子们还是孩子们，自然说不上高的远的，慢慢从近处小处下手便了。这自然也只能先按照我自己的样子：神而明之，存乎其人，光辉也罢，倒楣也罢，平凡也罢，让他们各尽各的力去。我只希望如我所想的，从此好好地做一回父亲，便自称心满意。——想到那“狂人”“救救孩子”的呼声，我怎敢不悚然自勉呢？

1928年6月24日晚写毕，北京清华园

（原载1928年10月10日《小说月报》第19卷第10号）

扬州的夏日

扬州从隋炀帝以来，是诗人文士所称道的地方；称道的多了，称道得久了，一般人便也随声附和起来。直到现在，你若向人提起扬州这个名字，他会点头或摇头说：“好地方！好地方！”特别是没去过扬州而念过些唐诗的人，在他心里，扬州真像蜃楼海市一般美丽；他若念过《扬州画舫录》一类书，那更了不得了。但在一个久住扬州像我的人，他却没有那么多美丽的幻想，他的憎恶也许掩住了他的爱好；他也许离开了三四年并不去想它。若是想呢，——你说他想什么？女人；不错，这似乎也有名，但怕不是现在的女人吧？——他也只会想着扬州的夏日，虽然与女人仍然不无关系的。

北方和南方一个大不同，在我看，就是北方无水而南方有。诚然，北方今年大雨，永定河、大清河甚至决了堤防，但这并不能算是有水；北平的三海和颐和园虽然有点儿水，但太平衍了，一览而尽，船又那么笨头笨脑的。有水的仍然是南方。扬州的夏日，好处大半便在水上——有人称为“瘦西湖”，这个名字真是太“瘦”了，假西湖之名以行，雅得这样俗，老实说，我是不喜欢的。下船的地方便是护城河，曼衍开去，曲曲折折，直到平山堂——这是你们熟悉的名字——有七八里河道，还有许多杈杈椏椏的支流。这条河其实也没有顶大的好处，只是曲折而有些幽静，和别处不同。

沿河最著名的风景是小金山、法海寺、五亭桥；最远的便是平山堂了。金山你们是知道的，小金山却在水中央。在那里望水最好，看月自然也不错——可是我还不曾有过那样福气。“下河”的人十之九是到这儿的，人不免太多些。法海寺有一个塔，和北海的一样，据说是乾隆皇帝下江南，盐商们连夜督促匠人造成的。法海寺著名的自然是这个塔；但还有一桩，你们猜不着，是红烧猪头。夏天吃红烧猪头，在理论上也许不甚相宜；可是在实际上，挥汗吃着，倒也不坏的。五亭桥如名字所示，是五个亭子的桥。桥是拱形，中一亭最高，两边四亭，参差相称；最宜远看，或看影子，也好。桥洞颇多，乘小船穿来穿去，另有风味。平山堂在蜀冈上。登堂可见江南诸山淡淡的轮廓；山色有无中一句话，我看是恰到好处，并不算错。这里游人较少，闲坐在堂上，可以永日。沿路光景，也以闲寂胜。从天宁门或北门下船。蜿蜒的城墙，在水里倒映着苍黝的影子，小船悠然地撑过去，岸上的喧扰像没有似的。

船有三种：大船专供宴游之用，可以挟妓或打牌。小时候常跟了父亲去，在船里听着谋得利洋行的唱片。现在这样乘船的大概少了吧？其次是小划子，真像一瓣西瓜，由一个男人或女人用竹篙撑着。乘的人多了，便可雇两只，前后用小凳子跨着：这也可算得“方舟”了。后来又有一种“洋划”，比大船小，比“小划子”大，上支布篷，可以遮日遮雨。“洋划”渐渐地多，大船渐渐地少，然而“小划子”总是有人要的。这不独因为价钱最贱，也因为它的伶俐。一个人坐在船中，让一个人站在船尾上用竹篙一下一下地撑着，简直是一首唐诗，或一幅山水画。而有些好事的少年，愿意自己撑船，也非“小划子”不行。“小划子”虽然便宜，却也有些分别。譬如说，你们也可想到的，女人撑船总要贵些；姑娘撑的自然更要贵啰。这些撑船的女子，便是有人说过的“瘦西湖上的船娘”。船娘们的故事大概不少，但我不很知道。据说以乱头粗服，风趣天然为胜；中年而有风趣，也仍然算好。可是起初原是逢场作戏，或尚不伤廉惠；以后居然有了价格，便觉意味索然了。

北门外一带，叫做下街，茶馆最多，往往一面临河。船行过时，茶客与乘客可以随便招呼说话。船上人若高兴时，也可以向茶馆中要一壶茶，或一两种“小笼点心”，在河中喝着、吃着、谈着。回来时再将茶壶和所谓小笼，连价款一并交给茶馆中人。撑船的都与茶馆相熟，他们不怕你白吃。扬州的小笼点心实在不错：我离开扬州，也走过七八处大大小小的地方，还没有吃过那样好的点心；这其实是值得惦记的。茶馆的地方大致总好，名字也颇有好的。如香影廊、绿杨村、红叶山庄，都是到现在还记得的。绿杨村的幌子，挂在绿杨树上，随风飘展，使人想起“绿杨城郭是扬州”的名句。里面还有小池、丛竹、茅亭，景物最幽。这一带的茶馆布置都历落有致，迥非上海、北平方方正正的茶楼可比。

“下河”总是下午。傍晚回来，在暮霭朦胧中上了岸，将大褂折好搭在腕上，一手微微摇着扇子；这样进了北门或天宁门走回家中。这时候可以念“又得浮生半日闲”那一句诗了。

（原载 1929 年 12 月 11 日《白华旬刊》第 4 期）

看　花

生长在大江北岸一个城市里，那儿的园林本是著名的，但近来却很少；似乎自幼就不曾听见过“我们今天看花去”一类话，可见花事是不盛的。有些爱花的人，大都只是将花栽在盆里，一盆盆搁在架上；架子横放在院子里。院子照例是小小的，只够放下一个架子；架上至多搁二十多盆花罢了。有时院子里依墙筑起一座“花台”，台上种一株开花的树；也有在院子里地上种的。但这只是普通的点缀，不算是爱花。

家里人似乎都不甚爱花；父亲只在领我们上街时，偶然和我们到“花房”里去过一两回。但我们住过一所房子，有一座小花园，是房东家的。那里有树，有花架（大约是紫藤花架之类)，但我当时还小，不知道那些花木的名字；只记得爬在墙上的是蔷薇而已。园中还有一座太湖石堆成的洞门；现在想来，似乎也还好的。在那时由一个顽皮的少年仆人领了我去，却只知道跑来跑去捉蝴蝶；有时掐下几朵花，也只是随意挼弄着，随意丢弃了。至于领略花的趣味，那是以后的事：夏天的早晨，我们那地方有乡下的姑娘在各处街巷，沿门叫着："卖栀子花来。"栀子花不是什么高品，但我喜欢那白而晕黄的颜色和那肥肥的个儿，正和那些卖花的姑娘有着相似的韵味。栀子花的香，浓而不烈，清而不淡，也是我乐意的。我这样便爱起花来了。也许有人会问："你爱的不是花吧?"这个我自己其实也已不大弄得清楚，只好存而不论了。

在高小的一个春天，有人提议到城外F寺里吃桃子去，而且预备白吃；不让吃就闹一场，甚至打一架也不在乎。那时虽远在"五四运动"以前，但我们那里的中学生却常有打进戏园看白戏的事。中学生能白看戏，小学生为什么不能白吃桃子呢？我们都这样想，便由那提议人纠合了十几个同学，浩浩荡荡地向城外而去。到了F寺，气势不凡地呵叱着道人们（我们称寺里的工人为道人），立刻领我们向桃园里去。道人们踌躇着说：现在桃树刚才开花呢。但是谁信道人们的话？我们终于到了桃园里。大家都丧了气，原来花是真开着呢！这时提议人 P 君便去折花。道人们是一直步步跟着的，立刻上前劝阻，而且用起手来。但 P 君是我们中最不好惹的；说时迟，那时快，一眨眼，花在他的手里，道人已跪在一旁了。那一园子的桃花，想来总该有些可看；我们却谁也没有想着去看。只嚷着："没有桃子，得沏茶喝！"道人们满肚子委屈地引我们到"方丈"里，大家各喝一大杯茶。这才平了气，谈谈笑笑地进城去。大概我那时还只懂得爱一朵朵的栀子花，对于开在树上的桃花，是并不了然的；所以眼前的机会，便从眼前错过了。

以后渐渐念了些看花的诗，觉得看花颇有些意思。但到北平读了几年书，却只到过崇效寺一次；而去得又嫌早些，那有名的一株绿牡丹还未开呢。北平看花的事很盛，看花的地方也很多；但那时热闹的似乎也只有一班诗人名士，其余还是不相干的。那正是新文学运动的起头，我们这些少年，对于旧诗和那一班诗人名士，实在有些不敬；而看花的地方又都远不可言，我是一个懒人，便干脆地断了那条心了。后来到杭州做事，遇见了 Y 君，他是新诗人兼旧诗人，看花的兴致很好。我和他常到孤山去看梅花。孤山的梅花是古今有名的，但太少；又没有临水的，人也太多。有一回坐在放鹤亭上喝茶，来了一个方面有须，穿着花缎马褂的人，用湖南口音和人打招呼道："梅花盛开嗒！""盛"字说得特别重，使我吃了一惊；但我吃惊的也只是说在他嘴里"盛"这个声音罢了，花的盛不盛，在我倒并没有什么的。

有一回，Y来说，灵峰寺有三百株梅花；寺在山里，去的人也少。我和Y，还有N君，从西湖边雇船到岳坟，从岳坟入山。曲曲折折走了好一会，又上了许多石级，才到山上寺里。寺甚小，梅花便在大殿西边园中。园也不大，东墙下有三间净室，最宜喝茶看花；北边有座小山，山上有亭，大约叫"望海亭"吧，望海是未必，但钱塘江与西湖是看得见的。梅树确是不少，密密地低低地整列着。那时已是黄昏，寺里只我们三个游人；梅花并没有开，但那珍珠似的繁星似的骨都儿，已经够可爱了；我们都觉得比孤山上盛开时有味。大殿上正做晚课，送来梵呗的声音，和着梅林中的暗香，真叫我们舍不得回去。在园里徘徊了一会，又在屋里坐了一会，天是黑定了，又没有月色，我们向庙里要了一个旧灯笼，照着下山。路上几乎迷了道，又两次三番地狗咬；我们的Y诗人确有些窘了，但终于到了岳坟。船夫远远迎上来道："你们来了，我想你们不会冤我呢！"在船上，我们还不离口地说着灵峰的梅花，直到湖边电灯光照到我们的眼。

Y 回北平去了，我也到了白马湖。那边是乡下，只有沿湖与杨柳相间着种了一行小桃树，春天花发时，在风里娇媚地笑着。还有山里的杜鹃花也不少。这些日日在我们眼前，从没有人像煞有介事地提议："我们看花去。"但有一位 S 君，却特别爱养花；他家里几乎是终年不离花的。我们上他家去，总看他在那里不是拿着剪刀修理枝叶，便是提着壶浇水。我们常乐意看着。他院子里一株紫薇花很好，我们在花旁喝酒，不知多少次。白马湖住了不过一年，我却传染了他那爱花的嗜好。但重到北平时，住在花事很盛的清华园里，接连过了三个春，却从未想到去看一回。只在第二年秋天，曾经和孙三先生在园里看过几次菊花。"清华园之菊"是著名的，孙三先生还特地写了一篇文，画了好些画。但那种一盆一干一花的养法，花是好了，总觉没有天然的风趣。直到去年春天，有了些余闲，在花开前，先向人问了些花的名字。一个好朋友是从知道姓名起的，我想看花也正是如此。恰好 Y 君也常来园中，我们一天三四趟地到那些花下去徘徊。今年 Y 君忙些，我便一个人去。我爱繁花老干的杏，临风婀娜的小红桃，贴梗累累如珠的紫荆；但最恋恋的是西府海棠。海棠的花繁得好，也淡得好；艳极了，却没有一丝荡意。疏疏的高干子，英气隐隐逼人。可惜没有趁着月色看过；王鹏运有两句词道："只愁淡月朦胧影，难验微波上下潮。"我想月下的海棠花，大约便是这种光景吧。为了海棠，前两天在城里特地冒了大风到中山公园去，看花的人倒也不少；但不知怎的，却忘了畿辅先哲祠。Y告我那里的一株，遮住了大半个院子；别处的都向上长，这一株却是横里伸张的。花的繁没有法说；海棠本无香，昔人常以为恨，这里花太繁了，却酝酿出一种淡淡的香气，使人久闻不倦。Y告我，正是刮了一日还不息的狂风的晚上；他是前一天去的。他说他去时地上已有落花了，这一日一夜的风，准完了。他说北平看花，是要赶着看的：春光太短了，又晴的日子多；今年算是有阴的日子了，但狂风还是逃不了的。我说北平看花，比别处有意思，也正在此。这时候，我似乎不甚菲薄那一班诗人名士了。

1930年4月

（原载1930年5月4日《清华周刊》第33卷第9期文艺专号）

给亡妇

谦，日子真快，一眨眼你已经死了三个年头了。这三年里世事不知变化了多少回，但你未必注意这些个，我知道。你第一惦记的是你几个孩子，第二便轮着我。孩子和我平分你的世界，你在日如此；你死后若还有知，想来还如此的。告诉你，我夏天回家来着：迈儿长得结实极了，比我高一个头。闰儿父亲说是最乖，可是没有先前胖了。采芷和转子都好。五儿全家夸她长得好看；却在腿上生了湿疮，整天坐在竹床上不能下来，看了怪可怜的。六儿，我怎么说好，你明白，你临终时也和母亲谈过，这孩子是只可以养着玩儿的，他左挨右挨去年春天，到底没有挨过去。这孩子生了几个月，你的肺病就重起来了。我劝你少亲近他，只监督着老妈子照管就行。你总是忍不住，一会儿提，一会儿抱的。可是你病中为他操的那一份儿心也够瞧的。那一个夏天他病的时候多，你成天儿忙着，汤呀，药呀，冷呀，暖呀，连觉也没有好好儿睡过。那里有一分一毫想着你自己。瞧着他硬朗点儿你就乐，干枯的笑容在黄蜡般的脸上，我只有暗中叹气而已。

从来想不到做母亲的要像你这样。从迈儿起，你总是自己喂乳，一连四个都这样。你起初不知道按钟点儿喂，后来知道了，却又弄不惯；孩子们每夜里几次将你哭醒了，特别是闷热的夏季。我瞧你的觉老没睡足。白天里还得做菜，照料孩子，很少得空儿。你的身子本来坏，四个孩子就累你七八年。到了第五个，你自己实在不成了，又没乳，只好自己喂奶粉，另雇老妈子专管她。但孩子跟老妈子睡，你就没有放过心；夜里一听见哭，就竖起耳朵听，工夫不大就得过去看。十六年初，和你到北京来，将迈儿，转子留在家里；三年多还不能去接他们，可真把你惦记苦了。你并不常提，我却明白。你后来说你的病就是惦记出来的；那个自然也有份儿，不过大半还是养育孩子累的。你的短短的十二年结婚生活，有十一年耗费在孩子们身上；而你一点不厌倦，有多少力量用多少，一直到自己毁灭为止。你对孩子一般儿爱，不问男的女的，大的小的。也不想到什么“养儿防老，积谷防饥”，只拼命的爱去。你对于教育老实说有些外行，孩子们只要吃得好玩得好就成了。这也难怪你，你自己便是这样长大的。况且孩子们原都还小，吃和玩本来也要紧的。你病重的时候最放不下的还是孩子。病的只剩皮包着骨头了，总不信自己不会好，老说：“我死了，这一大群孩子可苦了。”后来说送你回家，你想着可以看见迈儿和转子，也愿意；你万不想到会一走不返的。我送车的时候，你忍不住哭了，说：“还不知能不能再见？”可怜，你的心我知道，你满想着好好儿带着六个孩子回来见我的。谦，你那时一定这样想，一定的。

除了孩子，你心里只有我。不错，那时你父亲还在；可是你母亲死了，他另有个女人，你老早就觉得隔了一层似的。出嫁后第一年你虽还一心一意依恋着他老人家，到第二年上我和孩子可就将你的心占住，你再没有多少工夫惦记他了。你还记得第一年我在北京，你在家里。家里来信说你待不住，常回娘家去。我动气了，马上写信责备你。你教人写了一封覆信，说家里有事，不能不回去。这是你第一次、也可以说第末次的抗议，我从此就没给你写信。暑假时带了一肚子主意回去，但见了面，看你一脸笑，也就拉倒了。打这时候起，你渐渐从你父亲的怀里跑到我这儿。你换了金镯子帮助我的学费，叫我以后还你；但直到你死，我没有还你。

你在我家受了许多气，又因为我家的缘故受你家里的气，你都忍着。这全为的是我，我知道。那回我从家乡一个中学半途辞职出走。家里人讽你也走。哪里走！只得硬着头皮往你家去。那时你家像个冰窖子，你们在窖里足足住了三个月。好容易我才将你们领出来了，一同上外省去。小家庭这样组织起来了。你虽不是什么阔小姐，可也是自小娇生惯养的，做起主妇来，什么都得干一两手；你居然做下去了，而且高高兴兴地做下去了。菜照例满是你做，可是吃的都是我们；你至多夹上两三筷子就算了。你的菜做得不坏，有一位老在行大大地夸奖过你。你洗衣服也不错，夏天我的绸大褂大概总是你亲自动手。你在家老不乐意闲着；坐前几个“月子”，老是四五天就起床，说是躺着家里事没条没理的。其实你起来也还不是没条理；咱们家那么多孩子，哪儿来条理？在浙江住的时候，逃过两回兵难，我都在北平。真亏你领着母亲和一群孩子东藏西躲的；末一回还要走多少里路，翻一道大岭。这两回差不多只靠你一个人。你不但带了母亲和孩子们，还带了我一箱箱的书；你知道我是最爱书的。在短短的十二年里，你操的心比人家一辈子还多；谦，你那样身子怎么经得住！你将我的责任一股脑儿担负了去，压死了你；我如何对得起你！

你为我的捞什子书也费了不少神；第一回让你父亲的男佣人从家乡捎到上海去。他说了几句闲话，你气得在你父亲面前哭了。第二回是带着逃难，别人都说你傻子。你有你的想头："没有书怎么教书？况且他又爱这个玩意儿。"其实你没有晓得，那些书丢了也并不可惜；不过教你怎么晓得，我平常从来没和你谈过这些个！总而言之，你的心是可感谢的。这十二年里你为我吃的苦真不少，可是没有过几天好日子。我们在一起住，算来也还不到五个年头。无论日子怎么坏，无论是离是合，你从来没对我发过脾气，连一句怨言也没有——别说怨我，就是怨命也没有过。老实说，我的脾气可不大好，迁怒的事儿有的是。那些时候你往往抽噎着流眼泪，从不回嘴，也不号啕。不过我也只信得过你一个人，有些话我只和你一个人说，因为世界上只你一个人真关心我，真同情我。你不但为我吃苦，更为我分苦；我之有我现在的精神，大半是你给我培养着的。这些年来我很少生病。但我最不耐烦生病，生了病就呻吟不绝，闹那伺候病的人。你是领教过一回的，那回只一两点钟，可是也够麻烦了。你常生病，却总不开口，挣扎着起来；一来怕搅我，二来怕没人做你那份儿事。我有一个坏脾气，怕听人生病，也是真的。后来你天天发烧，自己还以为南方带来的疟疾，一直瞒着我。

明明躺着，听见我的脚步，一骨碌就坐起来。我渐渐有些奇怪，让大夫一瞧，这可糟了，你的一个肺已烂了一个大窟窿了！大夫劝你到西山去静养，你丢不下孩子，又舍不得钱；劝你在家里躺着，你也丢不下那份儿家务。越看越不行了，这才送你回去。明知凶多吉少，想不到只一个月工夫你就完了！本来盼望还见得着你，这一来可拉倒了。你也何尝想到这个？父亲告诉我，你回家独住着一所小住宅，还嫌没有客厅，怕我回去不便哪。

前年夏天回家，上你坟上去了。你睡在祖父母的下首，想来还不孤单的。只是当年祖父母的坟太小了，你正睡在圹底下。这叫做“抗圹”，在生人看来是不安心的；等着想办法哪。那时圹上圹下密密地长着青草，朝露浸湿了我的布鞋。你刚埋了半年多，只有圹下多出一块土，别的全然看不出新坟的样子。我和隐今夏回去，本想到你的坟上来；因为她病了没来成。我们想告诉你，五个孩子都好，我们一定尽心教养他们，让他们对得起死了的母亲——你！谦，好好儿放心安睡吧，你。

1932年10月11日作

（原载1933年1月1日《东方杂志》第30卷第1号）

你　我

现在受过新式教育的人，见了无论生熟朋友，往往喜欢你我相称。这不是旧来的习惯，而是外国语与翻译品的影响。这风气并未十分通行；一般社会还不愿意采纳这种办法——所谓粗人一向你呀我的，却当别论。有一位中等学校校长告诉人，一个旧学生去看他，左一个“你”，右一个“你”，仿佛用指头点着他鼻子，真有些受不了。在他想，只有长辈该称他“你”，只有太太和老朋友配称他“你”。够不上这个份儿，也来“你”呀“你”的，倒像对当差老妈子说话一般，岂不可恼！可不是，从前小说里“弟兄相呼，你我相称”，也得够上那份儿交情才成。而俗语说的“你我不错”，“你我还这样那样”，也是托熟的口气，指出彼此的依赖与信任。

同辈你我相称，言下只有你我两个，旁若无人；虽然十目所视，十手所指，视他们的，指他们的，管不着。杨震在你我相对的时候，会想到你我之外的“天知地知”，真是一个玄远的托辞，亏他想得出。常人说话称你我，却只是你说给我，我说给你；别人听见也罢，不听见也罢，反正说话的一点儿没有想着他们那些不相干的。自然也有时候“取瑟而歌”，也有时候“指桑骂槐”，但那是话外的话或话里的话，论口气却只对着那一个“你”。这么着，一说你看，你我便从一群人里除外，单独地相对着。离群是可怕又可怜的，只要想想大野里的独行，黑夜里的独处就明白。你我既甘心离群，彼此便非难解难分不可；否则岂不要吃亏？难解难分就是亲昵；骨肉是亲昵，结交也是个亲昵，所以说只有长辈该称“你”，只有太太和老朋友配称“你”。你我相称者，你我相亲而已。然而我们对家里当差老妈子也称“你”，对街上的洋车夫也称“你”，却不是一个味儿。古来以“尔汝”为轻贱之称；就指的这一类。但轻贱与亲昵有时候也难分，譬如叫孩子为“狗儿”，叫情人为“心肝”，明明将人比物，却正是亲昵之至。而长辈称晚辈为“你”，也夹杂着这两种味道——那些亲谊疏远的称“你”，有时候简直毫无亲昵的意思，只显得辈分高罢了。大概轻贱与亲昵有一点相同；就是，都可以随随便便，甚至于动手动脚。

生人相见不称“你”。通称是“先生”，有带姓不带姓之分；不带姓好像来者是自己老师，特别客气，用得少些。北平人称“某爷”“某几爷”，如“冯爷”“吴二爷”，也是通称，可比“某先生”亲昵些。但不能单称“爷”，与“先生”不同。“先生”原是老师，“爷”却是“父亲”；尊人为师犹之可，尊人为父未免吃亏太甚（听说前清的太监有称人为“爷”的时候，那是刑余之人，只算例外）。至于“老爷”，多一个“老”字，就不会与父亲相混，所以仆役用以单称他的主人，旧式太太用以单称她的丈夫。女的通称“小姐”“太太”“师母”，却都带姓；“太太”“师母”更其如此。因为单称“太太”，自己似乎就是老爷，单称“师母”，自己似乎就是门生，所以非带姓不可。“太太”是北方的通称，南方人却嫌官僚气；“师母”是南方的通称，北方人却嫌头巾气。女人麻烦多，真是无法奈何。比“先生”亲近些是“某某先生”“某某兄”，“某某”是号或名字；称“兄”取其仿佛一家人。再进一步就以号相称，同时也可称“你”。在正式的聚会里，有时候得称职衔，如“张部长”“王经理”；也可以不带姓，和“先生”一样；偶尔还得加上一个“贵”字，如“贵公使”。下属对上司也得称职衔。但像科员等小脚色却不便称衔，只好屈居在“先生”一辈里。

仆役对主人称“老爷”“太太”，或“先生”“师母”；与同辈分别的，一律不带姓。他们在同一时期内大概只有一个老爷、太太，或先生、师母，是他们衣食的靠山；不带姓正所以表示只有这一对儿才是他们的主人。对于主人的客，却得一律带姓；即使主人的本家，也得带上号码儿，如“三老爷”“五太太”——大家庭用的人或两家合用的人例外。“先生”本可不带姓，“老爷”本是下对上的称呼，也常不带姓；女仆称“老爷”，虽和旧式太太称丈夫一样，但身份声调既然各别，也就不要紧。仆役称“师母”，决无门生之嫌，不怕尊敬过分；女仆称“太太”，毫无疑义，男仆称“太太”，与女仆称“老爷”同例。晚辈称长辈，有“爸爸”“妈妈”“伯伯”“叔叔”等称。自家人和近亲不带姓，但有时候带号码儿；远亲和父执、母执，都带姓；干亲带“干”字，如“干娘”；父亲的盟兄弟，母亲的盟姊妹，有些人也以自家人论。

这种种称呼，按刘半农先生说，是“名词替代代词”，但也可说是他称替代对称。不称“你”而称“某先生”，是将分明对面的你变成一个别人；于是乎对你说的话，都不过是关于“他”的。这么着，你我间就有了适当的距离，彼此好提防着；生人间说话提防着些，没有错儿。再则一般人都可以称你“某先生”，我也跟着称“某先生”，正见得和他们一块儿，并没有单独挨近你身边去。所以“某先生”一来，就对面无你，旁边有人。这种替代法的效用，因所代的他称广狭而转移。譬如“某先生”，谁对谁都可称，用以代“你”，是十分“敬而远之”；又如“某部长”，只是僚属对同官与长官之称，“老爷”只是仆役对主人之称，敬意过于前者，远意却不及；至于“爸爸”“妈妈”，只是弟兄姊妹对父母的称，不像前几个名字可以移用在别人身上，所以虽不用“你”，还觉得亲昵，但敬远的意味总免不了有一些；在老人家前头要像在太太或老朋友前头那么自由自在，到底是办不到的。

北方话里有个“您”字，是“你”的尊称，不论亲疏贵贱全可用，方便之至。这个字比那拐弯抹角的替代法干脆多了，只是南方人听不进去，他们觉得和“你”也差不多少。这个字本是闭口音，指众数；“你们”两字就从此出。南方人多用“你们”代替“你”。用众数表尊称，原是语言常例。指的既非一个，你旁边便仿佛还有些别人和你亲近的，与说话的相对着；说话的天然不敢侵犯你，也不敢妄想亲近你。这也还是个“敬而远之”。湖北人尊称人为“你家”，“家”字也表众数，如“人家”“大家”可见。

此外还有个方便的法子，就是利用呼位，将他称与对称拉在一块儿。说话的时候先叫声“某先生”或别的，接着再说“你怎样怎样”；这么着好像“你”字儿都是对你以外的“某先生”说的，你自己就不会觉得唐突了。这个办法上下一律通行。在上海，有些不三不四的人问路，常叫一声“朋友”，再说“你”；北平老妈子彼此说话，也常叫声“某姐”，再“你”下去——她们觉得这么称呼倒比说“您”亲昵些。但若说“这是兄弟你的事”，“这是他爸爸你的责任”，“兄弟”“你”，“他爸爸”“你”简直连成一串儿，与用呼位的大不一样。这种口气只能用于亲近的人。第一例的他称意在加重全句的力量，表示虽与你亲如弟兄，这件事却得你自己办，不能推给别人。第二例因“他”而及“你”，用他称意在提醒你的身份，也是加重那个句子；好像说你我虽亲近，这件事却该由做他爸爸的你，而不由做自己的朋友的你负责任；所以也不能推给别人。又有对称在前他称在后的；但除了“你先生”“你老兄”还有敬远之意以外，别的如“你太太”“你小姐”“你张三”“你这个人”“你这家伙”“你这位先生”“你这该死的”“你这没良心的东西”，却都是些亲口埋怨或破口大骂的话。“你先生”“你老兄”的“你”不重读，别的“你”都是重读的。“你张三”直呼姓名，好像听话的是个远哉遥遥的生人，因为只有毫无关系的人，才能直呼姓名；可是加上“你”字，却变了亲昵与轻贱两可之间。近指形容词“这”，加上量词“个”成为“这个”，都兼指人与物；说“这个人”和说“这个碟子”，一样地带些无视的神气在指点着。加上“该死的”“没良心的”“家伙”“东西”，无视的神气更足。只有“你这位先生”稍稍客气些；不但因为那“先生”，并且因为那量词“位”字。“位”指“地位”，用以称人，指那有某种地位的，就与常人有别。至于“你老”“你老人家”“老人家”是众数，“老”是敬辞——老人常受人尊重。但“你老”用得少些。

最后还有省去对称的办法，却并不如文法书里所说，只限于祈使语气，也不限于上辈对下辈的问语或答语，或熟人间偶然的问答语，如“去吗”“不去”之类。有人曾遇见一位颇有名望的省议会议长，随意谈天儿。那议长的说话老是这样的：

去过北京吗？

在哪儿住？

觉得北京怎么样？

几时回来的？

始终没有用一个对称，也没有用一个呼位的他称，仿佛说到一个不知是谁的人。那听话的觉得自己没有了，只看见俨然的议长。可是偶然要敷衍一两句话，而忘了对面人的姓，单称“先生”又觉不值得的时候，这么办却也可以救眼前之急。

生人相见也不多称“我”。但是单称“我”只不过傲慢，仿佛有点儿瞧不起人，却没有那过分亲昵的味儿，与称你我的时候不一样。所以自称比对称麻烦少些。若是不随便称“你”，“我”字尽可麻麻糊糊①通用；不过要留心声调与姿态，别显出拍胸脯指鼻尖的神儿。若是还要谨慎些，在北京可以说“咱”，说“俺”，在南方可以说“我们”；“咱”和“俺”原来也都是闭口音，与“我们”同是众数。自称用众数，表示听话的也在内，“我”说话，像是你和我或你我他联合宣言；这么着，我的责任就有人分担，谁也不能说我自以为是了。也有说“自己”的，如“只怪自己不好”，“自己没主意，怨谁！”但同样的句子用来指你我也成。至于说“我自己”，那却是加重的语气，与这个不同。又有说“某人”“某某人”的；如张三说：“他们老疑心这是某人做的，其实我一点也不知道。”

这个“某人”就是张三，但得随手用“我”字点明。若说“张某人岂是那样的人！”却容易明白。又有说“人”“别

① 今写作“马马虎虎”。

人”“人家”“别人家”的；如，“这可叫人怎么办?”“也不管人家死活。”指你我也成。这些都是用他称（单数与众数）替代自称，将自己说成别人；但都不是明确的替代，要靠上下文，加上声调姿态，才能显出作用，不像替代对称那样。而其中如“自己”“某人”，能替代“我”的时候也不多，可见自称在我的关系多，在人的关系少，老老实实用“我”字也无妨；所以历来并不十分费心思去找替代的名词。

演说称“兄弟”“鄙人”“个人”或自己名字，会议称“本席”，也是他称替代自称，却一听就明白。因为这几个名词，除“兄弟”代“我”，平常谈话里还偶然用得着之外，别的差不多都已成了向公众说话专用的自称。“兄弟”“鄙人”全是谦词，“兄弟”亲昵些；“个人”就是“自己”；称名字不带姓，好像对尊长说话。——称名字的还有仆役与幼儿。仆役称名字兼带姓，如“张顺不敢”。幼儿自称乳名，却因为自我观念还未十分发达，听见人家称自己乳名，也就如法炮制，可教大人听着乐，为的是“像煞有介事”。——“本席”指“本席的人”，原来也该是谦称；但以此自称的人往往有一种施施然的声调姿态，所以反觉得傲慢了。这大约是“本”字作怪，从“本总司令”到“本县长”，虽也是以他称替代自称，可都是告诫下属的口气，意在显出自己的身份，让他们知所敬畏。这种自称用的机会却不多。对同辈也偶然有要自称职衔的时候，可不用“本”字而用“敝”字。但“司令”可“敝”，“县长”可“敝”，“人”却“敝”不得；“敝人”是凉薄之人，自己骂得未免太苦了些。同辈间也可用“本”字，是在开玩笑的当儿，如“本科员”“本书记”“本教员”，取其气昂昂的，有俯视一切的样子。

他称比“我”更显得傲慢的还有，如“老子”“咱老子”“大爷我”“我某几爷”“我某某某”。老子本非同辈相称之词，虽然加上众数的“咱”，似乎只是壮声威，并不为的分责任。“大爷”“某几爷”也都是尊称，加在“我”上，是增加“我”的气焰的。对同辈自称姓名，表示自己完全是个无关系的陌生人；本不如此，偏取了如此态度，将听话的远远地推开去，再加上“我”，更是神气。这些“我”字都是重读的。但除了“我某某某”，那几个别的称呼大概是丘八流氓用得多。他称也有比“我”显得亲昵的。如对儿女自称“爸爸”“妈”，说“爸爸疼你”“妈在这儿，别害怕”。对他们称“我”的太多了，对他们称“爸爸”“妈”的却只有两个人，他们最亲昵的两个人。所以他们听起来，“爸爸”“妈”比“我”鲜明得多。幼儿更是这样；他们既然还不甚懂得什么是“我”，用“爸爸”“妈”就更要鲜明些。听了这两个名字，不用捉摸，立刻知道是谁而得着安慰；特别在他们正专心一件事或者快要睡觉的时候。若加上“你”，说“你爸爸”“你妈”，没有“我”，只有“你的”，让大些的孩子听了，亲昵的意味更多。对同辈自称“老某”，如“老张”，或“兄弟我”，如“交给兄弟我办吧，没错儿”，也是亲昵的口气。“老某”本是称人之词。单称姓，表示彼此非常之熟，一提到姓就会想起你，再不用别的；同姓的虽然无数，而提到这一姓，却偏偏只想起你。“老”字本是敬辞，但平常说笑惯了的人，忽然敬他一下，只是惊他以取乐罢了；姓上加“老”字，原来怕不过是个玩笑，正和“你老先生”“你老人家”有时候用作滑稽的敬语一种。日子久了，不觉得，反变成“熟得很”的意思。于是自称“老张”，就是“你熟得很的张”，不用说，顶亲昵的。“我”在“兄弟”之下，指的是做兄弟的“我”，当然比平常的“我”客气些；但既有他称，还用自称，特别着重那个“我”，多少免不了自负的味儿。这个“我”字也是重读的。用“兄弟我”的也以江湖气的人为多。自称常可省去；或因叙述的方便，或因答语的方便，或因避免那傲慢的字。

“他”字也须因人而施，不能随便用。先得看“他”在不在旁边儿。还得看“他”与说话的和听话的关系如何——

是长辈，同辈，晚辈，还是不相干的，不相识的？北平有个“怹”字，用以指在旁边的别人与不在旁边的尊长；别人既在旁边听着，用个敬词，自然合式些。这个字本来也是闭口音，与“您”字同是众数，是“他们”所从出。可是不常听见人说；常说的还是“某先生”。也有称职衔，行业，身份，行次，姓名号的。“他”和“你”“我”情形不同，在旁边的还可指认，不在旁边的必得有个前词才明白。前词也不外乎这五样儿。职衔如“部长”“经理”。行业如店主叫“掌柜的”，手艺人叫“某师傅”，是通称；做衣服的叫“裁缝”，做饭的叫“厨子”，是特称。身份如妻称夫为“六斤的爸爸”，洋车夫称坐车人为“坐儿”，主人称女仆为“张妈”“李嫂”。——“妈”“嫂”“师傅”都是尊长之称，却用于既非尊长，又非同辈的人，也许称“张妈”是借用自己孩子们的口气，称“师傅”是借用他徒弟的口气，只有称“嫂”才是自己的口气，用意都是要亲昵些。借用别人口气表示亲昵的，如媳妇跟着他孩子称婆婆为“奶奶”，自己矮下一辈儿；又如跟着熟朋友用同样的称呼称他亲戚，如“舅母”“外婆”等，自己近走一步儿；只有“爸爸”“妈”，假借得极少。对于地位同的既可如此假借，对于地位低的当然更可随便些；反正谁也明白，这些不过说得好听罢了。——行次如称朋友或儿女用“老大”“老二”，称男仆也常用“张二”“李三”。称号在亲子间、夫妇间、朋友间最多，近亲与师长也常这么称。称姓名往往是不相干的人。有一回政府不让报上直称当局姓名，说应该称衔带姓，想来就是恨这个不相干的劲儿。又有指点似地说“这个人”“那个人”的，本是疏远或轻贱之称。可是有时候不愿，不便，或不好意思说出一个人的身份或姓名，也用“那个人”；这里头却有很亲昵的，如要好的男人或女人，都可称“那个人”。至于“这东西”“这家伙”“那小子”，是更进一步；爱憎同辞，只看怎么说出。又有用泛称的，如“别怪人”“别怪人家”“一个人别太不知足”“人到底是人”。但既是泛称，指你我也未尝不可。又有用虚称的，如“他说某人不好，某人不好”；“某人”虽确有其人，却不定是谁，而两个“某人”所指也非一人。还有“有人”就是“或人”。用这个称呼有四种意思：一是不知其人，如“听说有人译这本书”。二是知其人而不愿明言，如“有人说怎样怎样”，这个人许是个大人物，自己不愿举出他的名字，以免矜夸之嫌。这个人许是个不甚知名的脚色，提起来听话的未必知道，乐得不提省事。又如“有人说你的闲话”，却大大不同。三是知其人而不屑明言，如“有人在一家报纸上骂我”。四是其人或他的关系人就在一旁，故意

“使子闻之”；如，“有人不乐意，我知道。”“我知道，有人恨我，我不怕。”——这么着简直是挑战的态度了。又有前词与“他”字连文的，如“你爸爸他辛苦了一辈子，真是何苦来?”是加重的语气。

亲近的及不在旁边的人才用“他”字；但这个字可带有指点的神儿，仿佛说到的就在眼前一样。自然有些古怪，在眼前的尽管用“您”或别的向远处推；不在的却又向近处拉。其实推是为说到的人听着痛快；他既在一旁，听话的当然看得亲切，口头上虽向远处推无妨。拉却是为听话人听着亲切，让他听而如见。因此“他”字虽指你我以外的别人，也有亲昵与轻贱两种情调，并不含含糊糊的“等量齐观”。最亲昵的“他”，用不着前词；如流行甚广的“看见她”歌谣里的“她”字——一个多情多义的“她”字。这还是在眼前的。新婚少妇谈到不在眼前的丈夫，也往往没头没脑地说“他如何如何”，一面还红着脸儿。但如“管他，你走你的好了”，“他——他只比死人多口气”，就是轻贱的“他”了。不过这种轻贱的神儿若“他”不在一旁却只能从上下文看出；不像说“你”的时候永远可以从听话的一边直接看出。“他”字除人以外，也能用在别的生物及无生物身上，但只在孩子们的话里如此。指猫指狗用“他”是常事；指桌椅指树木也有用“他”的时候。譬如孩子让椅子绊了一交，哇的哭了；大人可以将椅子打一下，说“别哭。是他不好。我打他”。孩子真会相信，回嗔作喜，甚至于也捏着小拳头帮着捶两下。孩子想着什么都是活的，所以随随便便地“他”呀“他”的，大人可就不成。大人说“他”，十回九回指人；别的只称名字，或说“这个”“那个”“这东西”“这件事”“那种道理”。但也有例外，像“听他去吧”，“管他成不成，我就是这么办”。这种“他”有时候指事不指人。还有个“彼”字，口语里已废而不用，除了说“不分彼此”“彼此都是一样”。这个“彼”字不是“他”而是与“这个”相对的“那个”，已经在“人称”之外。“他”字不能省略，一省就与你我相混；只除了在直截的答语里。

代词的三称都可用名词替代，三称的单数都可用众数替代，作用是“敬而远之”。但三称还可互代；如“大难临头，不分你我”，“他们你看我，我看你，一句话不说”，“你”“我”就是“彼”“此”。又如“此公人弃我取”，“我”是“自己”。又如论别人，“其实你去不去与人无干，我们只是尽朋友之道罢了。”“你”实指“他”而言。因为要说得活灵活现，才将三人间变为二人间，让听话的更觉得亲切些。意思既指别人，所以直呼“你”“我”，无需避忌。这都以自称对称替代他称。又如自己责备自己说："咳，你真糊涂!"这是化一身为两人。又如批评别人，"凭你说干了嘴唇皮，他听你一句才怪!""你"就是"我"，是让你设身处地替自己想。又如，"你只管不动声色地干下去，他们知道我怎么办?""我"就是"你"；是自己设身处地替对面人想。这都是着急的口气：我的事要你设想，让你同情我；你的事我代设想，让你亲信我。可不一定亲昵，只在说话当时见得彼此十二分关切就是了。只有"他"字，却不能替代"你""我"，因为那么着反把话说远了。

众数指的是一人与一人，一人与众人，或众人与众人，彼此间距离本远，避忌较少。但是也有分别；名词替代，还用得着。如"各位""诸位""诸位先生"，都是"你们"的敬词；"各位"是逐指，虽非众数而作用相同。代词名词连文，也用得着。如"你们这些人""你们这班东西"，轻重不一样，却都是责备的口吻。又如发牢骚的时候不说"我们"而说"这些人""我们这些人"，表示多多少少，是与众不同的人。但替代"我们"的名词似乎没有。又如不说"他们"而说"人家""那些位""这班东西""那班东西"，或"他们这些人"。三称众数的对峙，不像单数那样明白的鼎足而三。"我们""你们""他们"相对的时候并不多；说"我们"，常只与“你们”“他们”二者之一相对着。这儿的“你们”包括“他们”，“他们”也包括“你们”；所以说“我们”的时候，实在只有两边儿。所谓“你们”，有时候不必全都对面，只是与对面的在某些点上相似的人；所谓“我们”，也不一定全在身旁，只是与说话的在某些点上相似的人。所以“你们”“我们”之中，都有“他们”在内。“他们”之近于“你们”的，就收编在“你们”里；“他们”之近于“我们”的，就收编在“我们”里；于是“他们”就没有了。“我们”与“你们”也有相似的时候，“我们”可以包括“你们”，“你们”就没有了；只剩下“他们”和“我们”相对着。演说的时候，对听众可以说“你们”，也可以说“我们”。说“你们”显得自己高出他们之上，在教训着；说“我们”，自己就只在他们之中，在彼此勉励着。听众无疑地是愿意听“我们”的。只有“我们”，永远存在，不会让人家收编了去；因为没有“我们”，就没有了说话的人。“我们”包罗最广，可以指全人类，而与一切生物无生物对峙着。“你们”“他们”都只能指人类的一部分；而“他们”除了特别情形，只能指不在眼前的人，所以更狭窄些。

北平自称的众数有“咱们”“我们”两个。第一个发见这两个自称的分别的是赵元任先生。他在《阿丽思漫游奇境记》的凡例里说：

> “咱们”是对他们说的，听话的人也在内的。
>
> “我们”是对你们或他们说的，听话的人不在内的。

赵先生的意思也许说，“我们”是对你们或（你们和）他们说的。这么着“咱们”就收编了“你们”，“我们”就收编了“他们”——不能收编的时候，“我们”就与“你们”，“他们”成鼎足之势。这个分别并非必需，但有了也好玩儿；因为说“咱们”亲昵些，说“我们”疏远些，又多一个花样。北平还有个“俩”字，只能两个，“咱们俩”“你们俩”“他们俩”，无非显得两个人更亲昵些；不带“们”字也成。还有“大家”是同辈相称或上称下之词，可用在“我们”“你们”“他们”之下。单用是所有相关的人都在内；加“我们”拉得近些，加“你们”推得远些，加“他们”更远些。至于“诸位大家”，当然是个笑话。

代词三称的领位，也不能随随便便的。生人间还是得用替代，如称自己丈夫为“我们老爷”，称朋友夫人为“你们太太”，称别人父亲为“某先生的父亲”。但向来还有一种简便的尊称与谦称，如“令尊”“令堂”“尊夫人”“令弟”“令郎”，以及“家父”“家母”“内人”“舍弟”“小儿”，等等。“令”字用得最广，不拘那一辈儿都加得上，“尊”字太重，用处就少，“家”字只用于长辈同辈，“舍”字、“小”字只用于晚辈。熟人也有用通称而省去领位的，如自称父母为“老人家”——长辈对晚辈说他父母，也这么称——称朋友家里人为“老太爷”“老太太”“太太”“少爷”“小姐”；可是没有称人家丈夫为“老爷”或“先生”的，只能称“某先生”“你们先生”。此外有称“老伯”“伯母”“尊夫人”的，为的亲昵些；所省去的却非“你的”而是“我的”。更熟的人可称“我父亲”“我弟弟”“你学生”“你姑娘”，却并不大用“的”字。“我的”往往只用于呼位：如“我的妈呀！”“我的儿呀！”“我的天呀！”被领位若不是人而是事物，却可随便些。“的”字还用于独用的领位，如“你的就是我的”，“去他的”。领位有了“的”字，显得特别亲昵似的。也许“的”字是齐齿音，听了觉得挨挤着，紧缩着，才有此感。平常领位，所领的若是人，而也用“的”字，就好像有些过火；“我的朋友”差不多成了一句嘲讽的话，一半怕就是为了那个“的”字。众数的领位也少用“的”字。其实真正众数的领位用的机会也少；用的大多是替代单数的。“我家”

“你家”“他家”有时候也可当众数的领位用，如“你家孩子真懂事”“你家厨子走了”“我家运气不好”。北平还有一种特别称呼，也是关于自称领位的。譬如女的向人说：“你兄弟这样长那样短。”“你兄弟”却是她丈夫；男的向人说：“你侄儿这样短，那样长。”“你侄儿”却是他儿子。这也算对称替代自称，可是大规模的；用意可以说是“敬而近之”。因为“近”，才直称“你”。被领位若是事物，领位除可用替代外，也有用“尊”字的，如“尊行”（行次）“尊寓”，但少极；带滑稽味而上“尊”号的却多，如“尊口”“尊须”“尊靴”“尊帽”，等等。

外国的影响引我们抄近路，只用“你”“我”“他”“我们”“你们”“他们”，倒也是干脆的办法；好在声调姿态变化是无穷的。“他”分为三，在纸上也还有用，口头上却用不着；读“她”为“C”，“它”或“牠”为“ㄊㄜ”，大可不必，也行不开去。“它”或“牠”用得也太洋味儿，真蹩扭，有些实在可用“这个”“那个”。再说代词用得太多，好些重复是不必要的；而领位“的”字也用得太滥点儿。

1933年8月25日作

（原载1933年10月10日《文学》第1卷第4号）

冬　天

说起冬天，忽然想到豆腐。是一“小洋锅”（铝锅）白煮豆腐，热腾腾的。水滚着，像好些鱼眼睛，一小块一小块豆腐养在里面，嫩而滑，仿佛反穿的白狐大衣。锅在“洋炉子”（煤油不打气炉）上，和炉子都熏得乌黑乌黑，越显出豆腐的白。这是晚上，屋子老了，虽点着“洋灯”，也还是阴暗。围着桌子坐的是父亲跟我们哥儿三个。“洋炉子”太高了，父亲得常常站起来，微微地仰着脸，觑着眼睛，从氤氲的热气里伸进筷子，夹起豆腐，一一地放在我们的酱油碟里。我们有时也自己动手，但炉子实在太高了，总还是坐享其成的多。这并不是吃饭，只是玩儿。父亲说晚上冷，吃了大家暖和些。我们都喜欢这种白水豆腐；一上桌就眼巴巴望着那锅，等着那热气，等着热气里从父亲筷子上掉下来的豆腐。

又是冬天，记得是阴历十一月十六晚上，跟S君P君在西湖里坐小划子。S君刚到杭州教书，事先来信说："我们要游西湖，不管它是冬天。"那晚月色真好，现在想起来还像照在身上。本来前一晚是"月当头"；也许十一月的月亮真有些特别吧。那时九点多了，湖上似乎只有我们一只划子。有点风，月光照着软软的水波；当间那一溜儿反光，像新砑的银子。湖上的山只剩了淡淡的影子。山下偶尔有一两星灯火。S君口占两句诗道："数星灯火认渔村，淡墨轻描远黛痕。"我们都不大说话，只有均匀的桨声。我渐渐地快睡着了。P君"喂"了一下，才抬起眼皮，看见他在微笑。船夫问要不要上净寺去；是阿弥陀佛生日，那边蛮热闹的。到了寺里，殿上灯烛辉煌，满是佛婆念佛的声音，好像醒了一场梦。这已是十多年前的事了，S君还常常通着信，P君听说转变了好几次，前年是在一个特税局里收特税了，以后便没有消息。

在台州过了一个冬天，一家四口子。台州是个山城，可以说在一个大谷里。只有一条二里长的大街。别的路上白天简直不大见人；晚上一片漆黑。偶尔人家窗户里透出一点灯光，还有走路的拿着的火把；但那是少极了。我们住在山脚下。有的是山上松林里的风声，跟天上一只两只的鸟影。夏末到那里，春初便走，却好像老在过着冬天似的；可是即便真冬天也并不冷。我们住在楼上，书房临着大路；路上有人说话，可以清清楚楚地听见。但因为走路的人太少了，间或有点说话的声音，听起来还只当远风送来的，想不到就在窗外。我们是外路人，除上学校去之外，常只在家里坐着。妻也惯了那寂寞，只和我们爷儿们守着。外边虽老是冬天，家里却老是春天。有一回我上街去，回来的时候，楼下厨房的大方窗开着，并排地挨着她们母子三个；三张脸都带着天真微笑地向着我。似乎台州空空的，只有我们四人；天地空空的，也只有我们四人。那时是民国十年，妻刚从家里出来，满自在。现在她死了快四年了，我却还老记着她那微笑的影子。

无论怎么冷，大风大雪，想到这些，我心上总是温暖的。

（原载 1933 年 12 月 1 日《中学生》第 40 号）

说扬州

在第十期上看到曹聚仁先生的《闲话扬州》，比那本出名的书有味多了。不过那本书将扬州说得太坏，曹先生又未免说得太好；也不是说得太好，他没有去过那里，所说的只是从诗赋中，历史上得来的印象。这些自然也是扬州的一面，不过已然过去，现在的扬州却不能再给我们那种美梦。

自己从七岁到扬州，一住十三年，才出来念书。家里是客籍，父亲又是在外省当差事的时候多，所以与当地贤豪长者并无来往。他们的雅事，如访胜、吟诗、赌酒，书画名家，烹调佳味，我那时全没有份，也全不在行。因此虽住了那么多年，并不能做扬州通，是很遗憾的。记得的只是光复的时候，父亲正病着，让一个高等流氓凭了军政府的名字，敲了一竹杠；还有，在中学的几年里，眼见所谓“甩子团”横行无忌。“甩子”是扬州方言，有时候指那些“怯”的人，有时候指那些满不在乎的人。“甩子团”不用说是后一类；他们多数是绅宦家子弟，仗着家里或者“帮”里的势力，在各公共场所闹标劲，如看戏不买票、起哄，等等，也有包揽词讼、调戏妇女的。更可怪的，大乡绅的仆人可以指挥警察区区长，可以大模大样招摇过市——这都是民国五六年的事，并非前清君主专制时代。自己当时血气方刚，看了一肚子气；可是人微言轻，也只好让那口气憋着罢了。

从前扬州是个大地方，如曹先生那文所说；现在盐务不行了，简直就算个没“落儿”的小城。

可是一般人还忘其所以地要气派，自以为美，几乎不知天多高地多厚。这真是所谓“夜郎自大”了。扬州人有“扬虚子”的名字；这个“虚子”有两种意思，一是大惊小怪，二是以少报多，总而言之，不离乎虚张声势的毛病。他们还有个“扬盘”的名字，譬如东西买贵了，人家可以笑话你是“扬盘”；又如店家价钱要的太贵，你可以诘问他，“把我当扬盘看么?”盘是捧出来给别人看的，正好形容要气派的扬州人。又有所谓“商派”，讥笑那些仿效盐商的奢侈生活的人，那更是气派中之气派了。但是这里只就一般情形说，刻苦诚笃的君子自然也有；我所敬爱的朋友中，便不缺乏扬州人。

提起扬州这地名，许多人想到的是出女人的地方。但是我长到那么大，从来不曾在街上见过一个出色的女人，也许那时女人还少出街吧？不过从前人所谓“出女人”，实在指姨太太与妓女而言；那个“出”字就和出羊毛、出苹果的“出”字一样。《陶庵梦忆》里有“扬州瘦马”一节，就记的这类事；但是我毫无所知。不过纳妾与狎妓的风气渐渐衰了，“出女人”那句话怕迟早会失掉意义的吧。

另有许多人想，扬州是吃得好的地方。这个保你没错儿。北平寻常提到江苏菜，总想着是甜甜的腻腻的。现在有了淮扬菜，才知道江苏菜也有不甜的；但还以为油重，和山东菜的清淡不同。其实真正油重的是镇江菜，上桌子常教你腻得无可奈何。扬州菜若是让盐商家的厨子做起来，虽不到山东菜的清淡，却也滋润、利落，决不腻嘴腻舌。不但味道鲜美，颜色也清丽悦目。扬州又以面馆著名。好在汤味醇美，是所谓白汤，由种种出汤的东西如鸡鸭鱼肉等熬成，好在它的厚，和啖熊掌一般。也有清汤，就是一味鸡汤，倒并不出奇。内行的人吃面要“大煮”；普通将面挑在碗里，浇上汤，“大煮”是将面在汤里煮一会，更能入味些。

扬州最著名的是茶馆；早上去下午去都是满满的。吃的花样最多。坐定了沏上茶，便有卖零碎的来兜揽，手臂上挽着一个黯病的柳条筐，筐子里摆满了一些小蒲包，分放着瓜子花生炒盐豆之类。又有炒白果的，在担子上铁锅爆着白果，一片铲子的声音。得先告诉他，才给你炒。炒得壳子爆了，露出黄亮的仁儿，铲在铁丝罩里送过来，又热又香。还有卖五香牛肉的，让他抓一些，摊在干荷叶上；叫茶房拿点好麻酱油来，拌上慢慢地吃，也可向卖零碎的买些白酒——扬州普通都喝白酒——喝着，这才叫茶房烫干丝。北平现在吃干丝，都是所谓煮干丝；那是很浓的，当菜很好，当点心却未必合式。烫干丝先将一大块方的白豆腐干飞快地切成薄片，再切为细丝，放在小碗里，用开水一浇，干丝便熟了；逼去了水，抟成圆锥似的，再倒上麻酱油，搁一撮虾米和干笋丝在尖儿，就成。说时迟，那时快，刚瞧着在切豆腐干，一眨眼已端来了。烫干丝就是清得好，不妨碍你吃别的。接着该要小笼点心。北平淮扬馆子出卖的汤包，诚哉是好，在扬州却少见；那实在是淮阴的名字，扬州不该掠美。扬州的小笼点心，肉馅儿的、蟹肉馅儿的、笋肉馅儿的且不用说，最可口的是菜包子、菜烧卖，还有干菜包子。菜选那最嫩的，剁成泥，加一点儿糖一点儿油，蒸得白生生的，热腾腾的，到口轻松地化去，留下一丝儿余味。干菜也是切碎，也是加一点儿糖和油，燥湿恰到好处；细细地咬嚼，可以嚼出一点橄榄般的回味来。这么着每样吃点儿也并不太多。要是有饭局，还尽可以从容地去。但是要老资格的茶客才能这样有分寸；偶尔上一回茶馆的本地人外地人，却总忍不住狼吞虎咽，到了儿捧着肚子走出。

扬州游览以水为主，以船为主，已另有文记过，此处从略。城里城外古迹很多，如“文选楼”“天保城”“雷塘”“二十四桥”等，却很少人留意；大家常去的只是史可法的“梅花岭”罢了。倘若有相当的假期，邀上两三个人去寻幽访古倒有意思；自然，得带点花生米、五香牛肉、白酒。

1934年10月14日作

（原载1934年11月20日《人间世》第16期）

南　京

南京是值得留连的地方，虽然我只是来来去去，而且又都在夏天。也想夸说夸说，可惜知道的太少；现在所写的，只是一个旅行人的印象罢了。

逛南京像逛古董铺子，到处都有些时代侵蚀的遗痕。你可以摩挲，可以凭吊，可以悠然遐想；想到六朝的兴废，王谢的风流，秦淮的艳迹。这些也许只是老调子，不过经过自家一番体贴，便不同了。所以我劝你上鸡鸣寺去，最好选一个微雨天或月夜。在朦胧里，才酝酿着那一缕幽幽的古味。你坐在一排明窗的豁蒙楼上，吃一碗茶，看面前苍然蜿蜒着的台城。台城外明净荒寒的玄武湖就像大涤子的画。豁蒙楼一排窗子安排得最有心思，让你看的一点不多，一点不少。

寺后有一口灌园的井，可不是那陈后主和张丽华躲在一堆儿的“胭脂井”。那口胭脂井不在路边，得破费点工夫寻觅。井栏也不在井上；要看，得老远地上明故宫遗址的古物保存所去。

从寺后的园地，拣着路上台城；没有垛子，真像平台一样。踏在茸茸的草上，说不出的静。夏天白昼有成群的黑蝴蝶，在微风里飞；这些黑蝴蝶上下旋转地飞，远看像一根粗的圆柱子。城上可以望南京的每一角。这时候若有个熟悉历代形势的人，给你指点，隋兵是从这角进来的，湘军是从那角进来的，你可以想象异样装束的队伍，打着异样的旗帜，拿着异样的武器，汹汹涌涌地进来，远远仿佛还有哭喊之声。假如你记得一些金陵怀古的诗词，趁这时候暗诵几回，也可印证印证，许更能领略作者当日的情思。

从前可以从台城爬出去，在玄武湖边；若是月夜，两三个人，两三个零落的影子，歪歪斜斜地挪移下去，够多好。现在可不成了，得出寺，下山，绕着大弯儿出城。七八年前，湖里几乎长满了苇子，一味地荒寒，虽有好月光，也不大能照到水上；船又窄，又小，又漏，教人逛着愁着。这几年大不同了，一出城，看见湖，就有烟水苍茫之意；船也大多了，有藤椅子可以躺着。水中岸上都光光的；亏得湖里有五个洲子点缀着，不然便一览无余了。这里的水是白的，又有波澜，俨然长江大河的气势，与西湖的静绿不同，最宜于看月，一片空蒙，无边无界。若在微醺之后，迎着小风，似睡非睡地躺在藤椅上，听着船底汩汩的波响与不知何方来的箫声，真会教你忘却身在哪里。五个洲子似乎都局促无可看，但长堤宛转相通，却值得走走。湖上的樱桃最出名。据说樱桃熟时，游人在树下现买，现摘，现吃，谈着笑着，多热闹的。

清凉山在一个角落里，似乎人迹不多。扫叶楼的安排与豁蒙楼相仿佛，但窗外的景象不同。这里是滴绿的山环抱着，山下一片滴绿的树；那绿色真是扑到人眉宇上来。若许我再用画来比，这怕像王石谷的手笔了。在豁蒙楼上不容易坐得久，你至少要上台城去看看。在扫叶楼上却不想走；窗外的光景好像满为这座楼而设，一上楼便什么都有了。夏天去确有一股“清凉”味。这里与豁蒙楼全有素面吃，又可口，又贱。

莫愁湖在华严庵里。湖不大，又不能泛舟，夏天却有荷花荷叶，临湖一带屋子，凭栏眺望，也颇有远情。莫愁小像，在胜棋楼下，不知谁画的，大约不很古吧；但脸子开得秀逸之至，衣褶也柔活之至，大有“挥袖凌虚翔”的意思；若让我题，我将毫不踌躇地写上“仙乎仙乎”四字。另有石刻的画像，也在这里，想来许是那一幅画所从出；但生气反而差得多。这里虽也临湖，因为屋子深，显得阴暗些；可是古色古香，阴暗得好。诗文联语当然多，只记得王湘绮的半联云："莫轻他北地胭脂，看艇子初来，江南儿女无颜色。"气概很不错。所谓胜棋楼，相传是明太祖与徐达下棋，徐达胜了，太祖便赐给他这一所屋子。太祖那样人，居然也会做出这种雅事来了。左手临湖的小阁却敞亮得多，也敞亮得好。有曾国藩画像，忘记是谁横题着"江天小阁坐人豪"一句。我喜欢这个题句，"江天"与"坐人豪"，景象阔大，使得这屋子更加开朗起来。

秦淮河我已另有记。但那文里所说的情形，现在已大变了。从前读《桃花扇》《板桥杂记》一类书，颇有沧桑之感；现在想到自己十多年前身历的情形，怕也会有沧桑之感了。前年看见夫子庙前旧日的画舫，那样狼狈的样子，又在老万全酒栈看秦淮河水，差不多全黑了，加上巴掌大，透不出气的所谓秦淮小公园，简直有些厌恶，再别提做什么梦了。贡院原也在秦淮河上，现在早拆得只剩一点儿了。民国五年父亲带我去看过，已经荒凉不堪，号舍里草都长满了。父亲曾经办过江南闱差，熟悉考场的情形，说来头头是道。他说考生入场时，都有送场的，人很多，门口闹嚷嚷的，天不亮就点名，搜夹带。大家都归号。似乎直到晚上，头场题才出来，写在灯牌上，由号军扛着在各号里走。所谓“号”，就是一条狭长的胡同，两旁排列着号舍，口儿上写着什么天字号，地字号，等等的。每一号舍之大，恰好容一个人坐着；从前人说是像轿子，真不错。几天里吃饭，睡觉，做文章，都在这轿子里；坐的伏的各有一块硬板，如是而已。官号稍好一些，是给达官贵人的子弟预备的，但得补褂朝珠地入场，那时是夏秋之交，天还热，也够受的。父亲又说，乡试时场外有兵巡逻，防备通关节。场内也竖起黑幡，叫鬼魂们有冤报冤，有仇报仇；我听到这里，有点毛骨悚然。现在贡院已变成碎石路；在路上走的人，怕很少想起这些事情的了吧？

明故宫只是一片瓦砾场，在斜阳里看，只感到李太白《忆秦娥》的“西风残照，汉家陵阙”二语的妙。午门还残存着，遥遥直对洪武门的城楼，有万千气象。古物保存所便在这里，可惜规模太小，陈列得也无甚次序。明孝陵道上的石人石马，虽然残缺零乱，还可见泱泱大风；享殿并不巍峨，只陵下的隧道，阴森袭人，夏天在里面待着，凉风沁人肌骨。这陵大概是开国时草创的规模，所以简朴得很；比起长陵，差得真太远了。然而简朴得好。

雨花台的石子，人人皆知；但现在怕也捡不着什么了。那地方毫无可看。记得刘后村的诗云：“昔年讲师何处在，高台犹以‘雨花’名。有时宝向泥寻得，一片山无草敢生。”我所感的至多也只如此。还有，前些年南京枪决囚人都在雨花台下，所以洋车夫遇见别的车夫和他争先时，常说：“忙什么！赶雨花台去！”这和从前北京车夫说“赶菜市口儿”一样。现在时移势异，这种话渐渐听不见了。

燕子矶在长江里看，一片绝壁，危亭翼然，的确惊心动魄。但到了上边，逼窄污秽，毫无可以盘桓之处。燕山十二洞，去过三个。只三台洞层层折折，由幽入明，别有匠心，可是也年久失修了。

南京的新名胜，不用说，首推中山陵。中山陵全用青白两色，以象征青天白日，与帝王陵寝用红墙黄瓦的不同。假如红墙黄瓦有富贵气，那青琉璃瓦的享堂，青琉璃瓦的碑亭却有名贵也。从陵门上享堂，白石台阶不知多少级，但爬得够累的；然而你远看，决想不到会有这么多的台阶儿。这是设计的妙处。德国波慈达姆无愁宫前的石阶，也同此妙。享堂进去也不小；可是远处看，简直小得可以，和那白石的飞阶不相称，一点儿压不住，仿佛高个儿戴着小尖帽。近处山角里一座阵亡将士纪念塔，粗粗的，矮矮的，正当着一个青青的小山峰，让两边儿的山紧紧抱着，静极，稳极。——谭墓没去过，听说颇有点丘壑。中央运动场也在中山陵近处，全仿外洋的样子。全国运动会时，也不知有多少照相与描写登在报上；现在是时髦的游泳的地方。

若要看旧书，可以上江苏省立图书馆去。这在汉西门龙蟠里，也是一个角落里。这原是江南图书馆，以丁丙的善本书室藏书为底子；词曲的书特别多。此外中央大学图书馆近年来也颇有不少书。中央大学是个散步的好地方。宽大，干净，有树木；黄昏时去兜一个或大或小的圈儿，最有意思。后面有个梅庵，是那会写字的清道人的遗迹。这里只是随宜地用树枝搭成的小小的屋子。庵前有一株六朝松，但据说实在是六朝桧；桧荫遮住了小院子，真是不染一尘。

南京茶馆里干丝很为人所称道。但这些人必没有到过镇江，扬州，那儿的干丝比南京细得多，又从来不那么甜。我倒是觉得芝麻烧饼好，一种长圆的，刚出炉，既香，且酥，又白，大概各茶馆都有。咸板鸭才是南京的名产，要热吃，也是香得好；肉要肥要厚，才有咬嚼。但南京人都说盐水鸭更好，大约取其嫩，其鲜；那是冷吃的，我可不知怎样，老觉得不大得劲儿。

1934 年 8 月 12 日作

（原载 1934 年 10 月 1 日《中学生》第 48 号）

潭柘寺　戒坛寺

早就知道潭柘寺、戒坛寺。在商务印书馆的《北平指南》上，见过潭柘的铜图，小小的一块，模模糊糊的，看了一点没有想去的意思。后来不断地听人说起这两座庙。有时候说路上不平静，有时候说路上红叶好。说红叶好的劝我秋天去；但也有人劝我夏天去。有一回骑驴上八大处，赶驴的问逛过潭柘没有，我说没有。他说潭柘风景好，那儿满是老道，他去过，离八大处七八十里地，坐轿骑驴都成。我不大喜欢老道的装束，尤其是那满蓄着的长头发，看上去啰里啰唆，龌里龌龊的。更不想骑驴走七八十里地，因为我知道驴子与我都受不了。真打动我的倒是“潭柘寺”这个名字。不懂不是？就是不懂的妙。躲懒的人念成“潭柘寺”，那更莫名其妙了。这怕是中国文法的花样；要是来个欧化，说是“潭和柘的寺”，那就用不着咬嚼或吟味了。还有在一部诗话里看见近人咏戒台松的七古，诗腾挪夭矫，想来松也如此。所以去。但是在夏秋之前的春天，而且是早春；北平的早春是没有花的。

这才认真打听去过的人。有的说住潭柘好，有的说住戒坛好。有的人说路太难走，走到了筋疲力尽，再没兴致玩儿；有人说走路有意思。又有人说，去时坐了轿子，半路上前后两个轿夫吵起来，把轿子搁下，直说不抬了。于是心中暗自决定，不坐轿，也不走路；取中道，骑驴子。又按普通说法，总是潭柘寺在前，戒坛寺在后，想着戒坛寺一定远些；于是决定住潭柘，因为一天回不来，必得住。门头沟下车时，想着人多，怕雇不着许多驴，但是并不然——雇驴的时候，才知道戒坛去便宜一半，那就是说近一半。这时候自己忽然逞起能来，要走路。走吧。

这一段路可够瞧的。像是河床，怎么也挑不出没有石子的地方，脚底下老是绊来绊去的，教人心烦。又没有树木，甚至于没有一根草。这一带原是煤窑，拉煤的大车往来不绝，尘土里饱和着煤屑，变成黯淡的深灰色，教人看了透不出气来。走一点钟光景。自己觉得已经有点办不了，怕没有走到便筋疲力尽；幸而山上下来一条驴，如获至宝似地雇下，骑上去。这一天东风特别大。平常骑驴就不稳，风一大真是祸不单行。山上东西都有路，很窄，下面是斜坡；本来从西边走，驴夫看风势太猛，将驴拉上东路。就这么着，有一回还几乎让风将驴吹倒；若走西边，没有准儿会驴我同归哪。想起从前人画风雪骑驴图，极是雅事；大概那不是上潭柘寺去的。驴背上照例该有些诗意，但是我，下有驴子，上有帽子眼镜，都要照管；又有迎风下泪的毛病，常要掏手巾擦干。当其时真恨不得生出第三只手来才好。

东边山峰渐起，风是过不来了；可是驴也骑不得了，说是坎儿多。坎儿可真多。这时候精神倒好起来了：崎岖的路正可以练腰脚，处处要眼到心到脚到，不像平地上。人多更有点竞赛的心理，总想走上最前头去，再则这儿的山势虽然说不上险，可是突兀、丑怪、巉刻的地方有的是。我们说这才有点儿山的意思；老像八大处那样，真教人气闷闷的。于是一直走到潭柘寺后门；这段坎儿路比风里走过的长一半，小驴毫无用处，驴夫说："咳，这不过给您做个伴儿!"

墙外先看见竹子，且不想进去。又密，又粗，虽然不够绿。北平看竹子，真不易。又想到八大处了，大悲庵殿前那一溜儿，薄得可怜，细得也可怜，比起这儿，真是小巫见大巫了。进去过一道角门，门旁突然亭亭地矗立着两竿粗竹子，在墙上紧紧地挨着；要用批文章的成语，这两竿竹子足称得起“天外飞来之笔”。

正殿屋角上两座琉璃瓦的鸱吻，在台阶下看，值得徘徊一下。神话说殿基本是青龙潭，一夕风雨，顿成平地，涌出两鸱吻。只可惜现在的两座太新鲜，与神话的朦胧幽秘的境界不相称。但是还值得看，为的是大得好，在太阳里嫩黄得好，闪亮得好；那拴着的四条黄铜链子也映衬得好。寺里殿很多，层层折折高上去，走起来已经不平凡，每殿大小又不一样，塑像摆设也各出心裁。看完了，还觉得无穷无尽似的。正殿下延清阁是待客的地方，远处群山像屏障似的。屋子结构甚巧，穿来穿去，不知有多少间，好像一所大宅子。可惜尘封不扫，我们住不着。话说回来，这种屋子原也不是预备给我们这么多人挤着住的。寺门前一道深沟，上有石桥；那时没有水，若是现在去，倚在桥上听潺潺的水声，倒也可以忘我忘世。过桥四株马尾松，枝枝覆盖，叶叶交通，另成一个境界。西边小山上有个古观音洞。洞无可看，但上去时在山坡上看潭柘的侧面，宛如仇十洲的《仙山楼阁图》。往下看是陡峭的沟岸，越显得深深无极，潭柘简直有海上蓬莱的意味了。寺以泉水著名，到处有石槽引水长流，倒也涓涓可爱。只是流觞亭雅得那样俗，在石地上愣刻着蚯蚓般的槽；那样流觞，怕只有孩子们愿意干。现在兰亭的“流觞曲水”也和这儿的一鼻孔出气，不过规模大些。晚上因为带的铺盖薄，冻得睁着眼，却听了一夜的泉声；心里想要不冻着，这泉声够多清雅啊！寺里并无一个老道，但那几个和尚，满身铜臭，满眼势利，教人老不能忘记，倒也麻烦的。

第二天清早，二十多人满雇了牲口，向戒坛而去，颇有浩浩荡荡之势。我的是一匹骡子，据说稳得多。这是第一回，高高兴兴骑上去。这一路要翻罗喉岭。只是土山，可是道儿窄，又曲折，虽不高，老那么凸凸凹凹的。许多处只容得一匹牲口过去。平心说，是险点儿。想起古来用兵，从间道袭敌人，许也是这种光景吧。

戒坛在半山上，山门是向东的。一进去就觉得平旷；南面只有一道低低的砖栏，下边是一片平原，平原尽处才是山，与众山屏蔽的潭柘气象便不同。进二门，更觉得空阔疏朗，仰看正殿前的平台，仿佛汪洋千顷。这平台东西很长，是戒坛最胜处，眼界最宽，教人想起“振衣千仞冈”的诗句。三株名松都在这里。“卧龙松”与“抱塔松”同是偃仆的姿势，身躯奇伟，鳞甲苍然，有飞动之意。“九龙松”老干槎桠，如张牙舞爪一般。若在月光底下，森森然的松影当更有可看。此地最宜低徊流连，不是匆匆一览所可领略。潭柘以层折胜，戒坛以开朗胜；但潭柘似乎更幽静些。戒坛的和尚，春风满面，却远胜于潭柘的；我们之中颇有悔不该在潭柘的。戒坛后山上也有个观音洞。洞宽大而深，大家点了火把嚷嚷闹闹地下去；半里光景的洞满是油烟，满是声音。洞里有石虎、石龟、上天梯、海眼，等等，无非是凑凑人的热闹而已。

还是骑骡子。回到长辛店的时候，两条腿几乎不是我的了。

1934年8月3日作

（原载1934年8月6日《清华暑期周刊》第9卷第3、4合刊）

威尼斯

威尼斯（Venice）是一个别致地方。出了火车站，你立刻便会觉得；这里没有汽车，要到那儿，不是搭小火轮，便是雇“刚朵拉”（Gondola）。大运河穿过威尼斯像反写的S；这就是大街。另有小河道四百十八条，这些就是小胡同。轮船像公共汽车，在大街上走；“刚朵拉”是一种摇橹的小船，威尼斯所特有，它那儿都去。威尼斯并非没有桥；三百七十八座，有的是。只要不怕转弯抹角，那儿都走得到，用不着下河去。可是轮船中人还是很多，“刚朵拉”的买卖也似乎并不坏。

威尼斯是“海中的城”，在意大利半岛的东北角上，是一群小岛，外面一道沙堤隔开亚得利亚海。在圣马克方场的钟楼上看，团花簇锦似的东一块西一块在绿波里荡漾着。远处是水天相接，一片茫茫。这里没有什么煤烟，天空干干净净；在温和的日光中，一切都像透明的。中国人到此，仿佛在江南的水乡；夏初从欧洲北部来的，在这儿还可看见清清楚楚的春天的背影。海水那么绿，那么酽，会带你到梦中去。

威尼斯不单是明媚，在圣马克方场走走就知道。这个方场南面临着一道运河；场中偏东南便是那可以望远的钟楼。威尼斯最热闹的地方是这儿，最华妙庄严的地方也是这儿。除了西边，围着的都是三百年以上的建筑，东边居中是圣马克堂，却有了八九百年——钟楼便在它的右首。再向右是“新衙门”；教堂左首是“老衙门”。这两溜儿楼房的下一层，现在满开了铺子。铺子前面是长廊，一天到晚是来来去去的人。紧接着教堂，直伸向运河去的是公爷府；这个一半属于小方场，另一半便属于运河了。

圣马克堂是方场的主人，建筑在十一世纪，原是卑赞廷①式，以直线为主。十四世纪加上戈昔式的装饰，如尖拱门等；十七世纪又参入文艺复兴期的装饰，如栏干等。所以庄严华妙，兼而有之；这正是威尼斯人的漂亮劲儿。教堂里

---

① 今译为“拜占庭”。

屋顶与墙壁上满是碎玻璃嵌成的画，大概是真金色的地，蓝色和红色的圣灵像。这些像做得非常肃穆。教堂的地是用大理石铺的，颜色花样种种不同。在那种空阔阴暗的氛围中，你觉得伟丽，也觉得森严。教堂左右那两溜儿楼房，式样各别，并不对称；钟楼高三百二十二英尺，也偏在一边儿。但这两溜房子都是三层，都有许多拱门，恰与教堂的门面与圆顶相称；又都是白石造成，越衬出教堂的金碧辉煌来。教堂右边是向运河去的路，是一个小方场，本来显得空阔些，钟楼恰好填了这个空子。好像我们戏里大将出场，后面一杆旗子总是偏着取势；这方场中的建筑，节奏其实是和谐不过的。十八世纪意大利卡那来陀（Canaletto）① 一派画家专画威尼斯的建筑，取材于这方场的很多。德国德莱司敦②画院中有几张，真好。公爷府里有好些名人的壁画和屋顶画，丁陶来陀（TinDtoretto，十六世纪）的大画《乐园》最著名；但更重要的是它建筑的价值。运河上有了这所房子，增加了不少颜色。这全然是戈昔式；动工在九世纪初，以后屡次遭火，屡次重修，现在的据说还是原来的式样。最好看的是它的西南两面；西面斜对着圣马克方场，南面正在运河上。在

---

① 今译为“卡纳莱托”。
② 今译为“德累斯顿”。

运河里看，真像在画中。它也是三层：下两层是尖拱门，一眼看去，无数的柱子。最下层的拱门简单疏阔，是载重的样子；上一层便繁密得多，为装饰之用；最上层却更简单，一根柱子没有，除了疏疏落落的窗和门之外，都是整块的墙面。墙面上用白的与玫瑰红的大理石砌成素朴的方纹，在日光里鲜明得像少女一般。威尼斯人真不愧着色的能手。这所房子从运河中看，好像在水里。下两层是玲珑的架子，上一层才是屋子；这是很巧的结构，加上那艳而雅的颜色，令人有惝恍迷离之感。府后有太息桥；从前一边是监狱，一边是法院，狱囚提讯须过这里，所以得名。拜伦诗中曾咏此，因而便脍炙人口起来，其实也只是近世的东西。

威尼斯的夜曲是很著名的。夜曲本是一种抒情的曲子，夜晚在人家窗下随便唱。可是运河里也有：晚上在圣马克方场的河边上，看见河中有红绿的纸球灯，便是唱夜曲的船。雇了“刚朵拉”摇过去，靠着那个船停下，船在水中间，两边挨次排着“刚朵拉”，在微波里荡着，像是两只翅膀。唱曲的有男有女，围着一张桌子坐，轮到了便站起来唱，旁边有音乐和着。曲词自然是意大利语，意大利的语音据说最纯粹、最清朗。听起来似乎的确斩截些，女人的尤其如此——意大利的歌女是出名的。音乐节奏繁密，声情热烈，想来是最流行的“爵士乐”。在微微摇摆地红绿灯球底下，颤着酽酽的歌喉，运河上一片朦胧的夜也似乎透出玫瑰红的样子。唱完几曲之后，船上有人跨过来，反拿着帽子收钱，多少随意。不愿意听了，还可摇到第二处去。这个略略像当年的秦淮河的光景，但秦淮河却热闹得多。

从圣马克方场向西北去，有两个教堂在艺术上是很重要的。一个是圣罗珂堂，旁边有一所屋子，墙上屋顶上满是画；楼上下大小三间屋，共六十二幅画，是丁陶来陀的手笔。屋里暗极，只有早晨看得清楚。丁陶来陀作画时，因地制宜，大部分只粗粗钩勒，利用阴影，教人看了觉得是几经琢磨似的。《十字架》一幅在楼上小屋内，力量最雄厚。佛拉利堂在圣罗珂近旁，有大画家铁沁（Titian，十六世纪）[①]和近代雕刻家卡奴洼（Canova）[②]的纪念碑。卡奴洼的，灵巧，是自己打的样子；铁沁的，宏壮，是十九世纪中叶才完成的。他的《圣处女升天图》挂在神坛后面，那朱红与亮蓝两种颜色鲜明极了，全幅气韵流动，如风行水上。倍里尼（Giovanni Bellini，十五世纪）的《圣母像》，也是他的精品。他们都还有别的画在这个教堂里。

---

① 今译为“提香”。
② 今译为“卡诺瓦”。

从圣马克方场沿河直向东去，有一处公园；从一八九五年起，每两年在此地开国际艺术展览会一次。今年是第十八届；加入展览的有意、荷、比、西、丹、法、英、奥、苏俄、美、匈、瑞士、波兰等十三国，意大利的东西自然最多，种类繁极了；未来派立体派的图画雕刻，都可见到，还有别的许多新奇的作品，说不出路数。颜色大概鲜明，教人眼睛发亮；建筑也是新式，简截不啰嗦，痛快之至。苏俄的作品不多，大概是工农生活的表现，兼有沉毅和高兴的调子。他们也用鲜明的颜色，但显然没有很费心思在艺术上，作风老老实实，并不向牛犄角里寻找新奇的玩意儿。

威尼斯的玻璃器皿，刻花皮件，都是名产，以典丽风华胜，缂丝也不错。大理石小雕像，是著名大品的缩本，出于名手的还有味。

1932 年 7 月 13 日作

（原载 1932 年 9 月 1 日《中学生》第 27 号）

佛罗伦司[1]

佛罗伦司（Florence）最教你忘不掉的是那色调鲜明的大教堂与在它一旁的那高耸入云的钟楼。教堂靠近闹市，在狭窄的旧街道与繁密的市房中，展开它那伟大的个儿，好像一座山似的。它的门墙全用大理石砌成，黑的红的白的线条相间着。长方形是基本图案，所以直线虽多，而不觉严肃，也不觉浪漫；白天里绕着教堂走，仰着头看，正像看达文齐[2]的《摩那丽沙》[3]（Mona Lisa）像，她在你上头，可也

① 今译为“佛罗伦萨”。
② 今译为“达芬奇”。
③ 今译为“蒙娜丽莎”。

在你里头。这不独是线形温和平静的缘故，那三色的大理石，带着它们的光泽，互相显映，也给你鲜明稳定的感觉。加上那朴素而黯淡的周围，衬托着这富丽堂皇的建筑，像给它打了很牢固的基础一般。夜晚就不同些；在模糊的街灯光里，这庞然的影子便有些压迫着你了。教堂动工在十三世纪，但门墙只是十九世纪的东西；完成在一八八四年，算到现在才四十九年。

教堂里非常简单，与门墙决不相同，只穹隆顶宏大而已。钟楼在教堂的右首，高二百九十二英尺，是乔陀(Giotto,十四世纪)① 的杰作。乔陀是意大利艺术的开山祖师；从这座钟楼可以看出他的大匠手。这也用颜色大理石砌成墙面；宽度与高度正合式，玲珑而不显单薄。墙面共分七层：下四层很短，是打根基的样子，最上层最长，以助上耸之势。窗户越高越少越大，最上层只有一个；在长方形中有金字塔形的妙用。教堂对面是受洗所，以吉拜地 (Ghiberti)② 做的铜门著名。有两扇最工，上刻《圣经》故事图十方，分远近如画法，但未免太工些；门上并有作者的肖像。

① 今译为“乔托”。
② 今译为“吉贝尔蒂”。

密凯安杰罗（十六世纪）[1]说过这两扇门真配做天上乐园的门，传为佳话。

教堂内容富丽的，要推送子堂，以《送子图》得名。门外廊子里有沙陀（Sarto，十六世纪）[2]的壁画，他自己和他太太都在画中；画家以自己或太太作模特儿是常见的。教堂里屋顶以金漆花纹界成长方格子，灿烂之极。门内左边有一神龛，明灯照耀，香花供养，墙上便是《送子图》。画的是天使送耶稣给处女玛利亚，相传是天使的手笔。平常遮着不让我们俗眼看；每年只复活节的礼拜五揭开一次。这是塔斯干省最尊的神龛了。

梅迭契（Medici）[3]家庙也以富丽胜，但与别处全然不同。梅迭契家是中古时大公爵，治佛罗伦司多年。那时佛罗伦司非常富庶，他们家穷极奢华。佛罗伦司艺术的兴盛，一半便由于他们的爱好。这个家庙是历代大公爵家族的葬所。房屋是八角形，有穹隆顶；分两层，下层是坟墓，上层是雕像与纪念碑等。上层墙壁，全用各色上好大理石作面子，中间更用宝石嵌成花纹，地也用大理石嵌花铺成；屋顶是名人

① 今译为“米开朗基罗”。
② 今译为“萨尔托”。
③ 今译为“美第奇”。

的画。光彩焕发，五色纷纶；嵌工最精细，平滑如天然。佛罗伦司嵌石是与威尼斯嵌玻璃齐名的，梅迭契家造这个庙，用过二千万元，但至今并未完成。雕像座还空着一大半，地也没有全铺好。旁有新庙，是密凯安杰罗所建，朴质无华；中有雕像四座，叫做《昼》《夜》《晨》《昏》，是纪念碑的装饰，是出于密凯安杰罗的手，颇有名。

十字堂是“佛罗伦司的西寺”“塔斯干的国葬院”；前面是但丁的造像。密凯安杰罗与科学家格里雷①的墓都在这里，但丁也有一座纪念碑；此外名人的墓还很多。佛罗伦司与但丁有关系的遗迹，除这所教堂外，在送子堂附近是他的住宅；是一所老老实实的小砖房，带一座方楼，据说那时阔人家都有这种方楼的。他与他的情人佩特拉齐相遇，传说是在一座桥旁；这个情景常见于图画中。这座有趣的桥，照画看便是阿奴河上的三一桥；桥两头各有雕像两座，风光确是不坏。佩特拉齐的住宅离但丁的也不远；她葬在一个小教堂里，就在住宅对面小胡同内。这个教堂双扉紧闭，破旧得可以，据说是终年不常开的。但丁与佩特拉齐的屋子，现在都已作别用，不能进去，只墙上钉些纪念的木牌而已。佩特拉齐住宅墙上有一块木牌，专钞但丁的诗两行，说他遇见了一

① 今译为“伽利略”。

个美人，却有些意思。还有一所教堂，据说原是但丁写《神曲》的地方；但书上没有，也许是“齐东野人”之语罢。密凯安杰罗住过的屋子在十字堂近旁，是他侄儿的住宅。现在是一所小博物院，其中两间屋子陈列着密凯安杰罗塑的小品，有些是名作的雏形，都奕奕有神采。在这一层上，他似乎比但丁还有幸些。

佛罗伦司著名的方场叫做官方场，据说也是历史的和商业的中心，比威尼斯的圣马克方场黯淡冷落得多。东边未周府，原是共和时代的议会，现在是市政府。要看中古时佛罗伦司的堡子，这便是个样子，建筑仿佛铜墙铁壁似的。门前有密凯安杰罗《大卫》（David）像的翻本（原件存本地国家美术院中）。府西是著名的喷泉，雕像颇多；中间亚波罗①驾四马，据说是一块大理石凿成。但死板板的没有活气，与旁边有血有肉的《大卫》像一比，便看出来了。密凯安杰罗说这座像白费大理石，也许不错。府东是朗齐亭，原是人民会集的地方，里面有许多好的古雕像，其中一座像有两个面孔，后一个是作者自己。

方场东边便是乌费齐画院（Uffizi Gallery）②。这画院是

① 今译为“阿波罗”。
② 今译为“乌菲兹”。

梅迭契家立的，收藏十四世纪到十六世纪的意大利画最多。意大利画的精华荟萃于此，比那儿都好。乔陀、波铁乞利(Bottidcelli，十五世纪)[①]、达文齐（十五世纪)、拉飞尔[②](十六世纪)、密凯安杰罗、铁沁的作品，这儿都有。波铁乞利和铁沁的最多。乔陀、波铁乞利、达文齐都是佛罗伦司派，重形线与构图；拉飞尔曾到佛罗伦司，也受了些影响。铁沁是威尼斯派，重着色。这两个潮流是西洋画的大别。波铁乞利的作品如《勃里马未拉的寓言》《爱神的出生》等似乎最能代表前一派；达文齐的《送子图》，构图也极巧妙；铁沁的《佛罗拉像》和《爱神》，可以看出丰富的颜色与柔和的节奏。另有《蓝色圣母像》，沙琐费拉陀（Sossoferrato，十七世纪）所作，后来临摹的很多，《小说月报》曾印作插图。古雕像以《梅迭契爱神》《摔跤》为最：前者情韵欲流，后者精力饱满，都是神品。隔阿奴河[③]有辟第（Pitti）画院[④]，有长廊与乌费齐相通。这条长廊架在一座桥的顶上，里面挂着许多画像。辟第画院是辟第（Luca Pitti）立的。他和梅迭契是死冤家。可是后来扩充这个画院的还是梅

---

① 今译为“波提切利”。

② 今译为“拉菲尔”。

③ 今译为“阿诺河”。

④ 今译为“皮蒂宫”。

迭契家。收藏的名画有拉飞尔的两幅《圣母像》《福那利那像》与铁沁的《马达来那像》等。福那利那是拉飞尔的未婚妻，是他许多名作的模特儿。铁沁此幅和《佛罗拉像》作风相近，但金发飘拂，节奏更要生动些。

两个画院中常看见女人坐在小桌旁用描花笔蘸着粉临摹小画像，这种小画像是将名画临摹在一块长方的或椭圆的小纸上，装在小玻璃框里，作案头清供之用。因为地方太小，只能临摹半身像。这也是西方一种特别的艺术，颇有些历史。看画院的人走过那些小桌子旁，她们往往请你看她们的作品；递给你扩大镜让你看出那是一笔不苟的。每件大约二十元上下。她们特别拉住些太太们，也许太太们更能赏识她们的耐心些。

十字堂邻近，许多做嵌石的铺子。黑地嵌石的图案或带图案味的花卉人物等都好。好在颜色与光泽彼此衬托，恰到佳处。有几块小丑像，趣极了。但临摹风景或图画的却没有什么好。无论怎么逼真，总还隔着一层；嵌石决不能如作画那么灵便的。再说就使做得和画一般，也只是因难见巧，没有一点新东西在内。威尼斯嵌玻璃却不一样，他们用玻璃小方块嵌成风景图。这些玻璃块相似而不尽相同，它们所构成的不是一个简单的平面，而是许多颜色的点儿。你看时会觉得每一点都触着你，它们间的光影也极容易跟着你的角度变化，至少这“触着你”一层，画是办不到的。不过佛罗伦司所用大理石，色泽胜于玻璃多多。威尼斯人虽会着色，究竟还赶不上。

（原载1932年9月1日《中学生》第27号）

罗　马

罗马（Rome）是历史上大帝国的都城，想象起来，总是气象万千似的。现在它的光荣虽然早过去了，但是从七零八落的废墟里，后人还可仿佛于百一。这些废墟，旧有的加上新发掘的，几乎随处可见，像特意点缀这座古城的一般。这边几根石柱子，那边几段破墙，带着当年的尘土，寂寞地陷在大坑里。虽然在夏天中午的太阳，照上去也黯黯淡淡，没有多少劲儿。就中罗马市场（Forum Romanum）规模最大。这里是古罗马城的中心，有法庭，神庙与住宅的残迹。卡司多和波鲁斯庙的三根哥林斯式的柱子，顶上还有片石相连着。在全场中最为秀拔，像三个丰姿飘洒的少年用手横遮着额角，正在眺望这一片古市场。想当年这里终日挤挤闹闹的也不知有多少人，各有各的心思，各有各的手法。现在只剩三两起游客指手画脚地在死一般的寂静里。犄角上有一所住宅，情形还好。一面是三间住屋，有壁画，已模糊了，地是嵌石铺成的；旁厢是饭厅，壁画极讲究，画的都是正大的题目，他们是很看重饭厅的。市场上面便是巴拉丁山，是饱历兴衰的地方。最早是一个村落，只有些茅草屋子；罗马共和末期，一姓贵族聚居在这里；帝国时代，更是繁华。游人走上山去，两旁宏壮的住屋还留下完整的黄土坯子，可以见出当时阔人家的气局。屋顶一片平场，原是许多花园，总名法内塞园子，也是四百年前的旧迹；现在点缀些花木，一角上还有一座小喷泉。在这园子里看脚底下的古市场，全景都在望中了。

市场东边是斗狮场①，还可以看见大概的规模。在许多宏壮的废墟里，这个算是情形最好的。外墙是一个大圆圈儿，分四层，要仰起头才能看到顶上。下三层都是一色的圆拱门和柱子，上一层只有小长方窗户和楞子，这种单纯的对照教人觉得这座建筑是整整的一块，好像直上云霄的松柏，老干亭亭，没有一些繁枝细节。里面中间原是大平场；中古时在这儿筑起堡垒，现在满是一道道颓毁的墙基，倒成了四

① 今译为“斗兽场”。

不像。这场子便是斗狮场；环绕着的是观众的坐位。下两层是包厢，皇帝与外宾的在最下层；上层是贵族的；第三层公务员坐；最上层平民坐：共可容四五万人。狮子洞还在下一层，有口直通场中。斗狮是一种刑罚，也可以说是一种裁判：罪囚放在狮子面前，让狮子去搏他。他若居然制死了狮子，便是直道在他一边，他就可自由了。但自然是让狮子吃掉的多，这些人大约就算活该。想到临场的罪囚和他亲族的悲苦与恐怖、他的仇人的痛快、皇帝的威风，与一般观众好奇的紧张的面目，真好比一场恶梦。这个场子建筑在一世纪，原是戏园子，后来才改作斗狮之用。

斗狮场南面不远是卡拉卡拉浴场。古罗马人颇讲究洗澡，浴场都造得好，这一所更其华丽。全场用大理石砌成，用嵌石铺地，有壁画，有雕像，用具也不寻常。房子高大，分两层，都用圆拱门，走进去觉得稳稳的，里面金碧辉煌，与壁画雕像相得益彰。居中是大健身房，有喷泉两座。场子占地六英亩，可容一千六百人洗浴。洗浴分冷热水蒸气三种，各占一所屋子。古罗马人上浴场来，不单是为洗澡，他们可以在这儿商量买卖、和解讼事，等等，正和我们上茶店上饭店一般作用。这儿还有好些游艺，他们公余或倦后来洗一个澡，找几个朋友到游艺室去消遣一回，要不然，到客厅去谈谈话，都是很“写意”的。现在却只剩下一大堆遗迹。大理石本来还有不少，早给搬去造圣彼得等教堂去了；零星的物件陈列在博物院里。我们所看见的只是些巍巍峨峨参参差差的黄土骨子，站在太阳里，还有学者们精心研究出来的《卡拉卡拉浴场图》的照片，都只是所谓过屠门大嚼而已。

罗马从中古以来便以教堂著名。康南海《罗马游纪》中引杜牧的诗“南朝四百八十寺，多少楼台烟雨中”，光景大约有些相像的；只可惜初夏去的人无从领略那烟雨罢了。圣彼得堂最精妙，在城北尼罗圆场的旧址上。尼罗在此地杀了许多基督教徒。据说圣彼得上十字架后也便葬在这里。这教堂几经兴废，现在的房屋是十六世纪初年动工，经了许多建筑师的手。密凯安杰罗七十二岁时，受保罗第三的命，在这儿工作了十七年。后人以为天使保罗第三假手于这一个大艺术家，给这座大建筑定下了规模；以后虽有增改，但大体总是依着他的。教堂内部参照卡拉卡拉浴场的式样，许多高大的圆拱门稳稳地支着那座穹隆顶。教堂长六百九十六英尺，宽四百五十英尺，穹隆顶高四百〇三英尺，可是乍看不觉得是这么大。因为平常看屋子大小，总以屋内饰物等为标准，饰物等的尺寸无形中是有谱子的。圣彼得堂里的却大得离了谱子，“天使像巨人，鸽子像老鹰”；所以教堂真正的大小，一下倒不容易看出了。但是你若看里面走动着的人，便渐渐觉得不同。教堂用彩色大理石砌墙，加上好些嵌石的大幅的名画，大都是亮蓝与朱红二色；鲜明丰丽，不像普通教堂一味阴沉沉的。密凯安杰罗雕的彼得像，温和光洁，别是一格，在教堂的犄角上。

圣彼得堂两边的列柱回廊像两只胳膊拥抱着圣彼得圆场；留下一个口子，却又像个玦。场中央是一座埃及的纪功方尖柱，左右各有大喷泉。那两道回廊是十七世纪时亚历山大第三所造，成于倍里尼（Pernini）之手。廊子里有四排多力克式石柱，共二百八十四根；顶上前后都有栏干，前面栏干上并有许多小雕像。场左右地上有两块圆石头，站在上面看同一边的廊子，觉得只有一排柱子，气魄更雄伟了。这个圆场外有一道弯弯的白石线，便是梵蒂冈与意大利的分界。教皇每年复活节站在圣彼得堂的露台上为人民祝福，这个场子内外据说是拥挤不堪的。

圣保罗堂在南城外，相传是圣保罗葬地的遗址，也是柱子好。门前一个方院子，四面廊子里都是些整块石头凿出来的大柱子，比圣彼得的两道廊子却质朴得多。教堂里面也简单空廓，没有什么东西。但中间那八十根花岗石的柱子，和尽头处那六根蜡石的柱子，纵横地排着，看上去仿佛到了人迹罕至的远古的森林里。柱子上头墙上，周围安着嵌石的历代教皇像，一律圆框子。教堂旁边另有一个小柱廊，是十二世纪造的。这座廊子围着一所方院子，在低低的墙基上排着两层各色各样的细柱子——有些还嵌着金色玻璃块儿。这座廊子精工可以说像湘绣，秀美却又像王羲之的书法。

在城中心的威尼斯方场上巍然蹯踞着的，是也马奴儿第二的纪功廊。这是近代意大利的建筑，不缺少力量。一道弯弯的长廊，在高大的石基上。前面三层石级：第一层在中间，第二、三层分开左右两道，通到廊子两头。这座廊子左右上下都匀称，中间又有那一弯，便兼有动静之美了。从廊前列柱间看到暮色中的罗马全城，觉得幽远无穷。

罗马艺术的宝藏自然在梵蒂冈宫。卡辟多林博物院中也有一些，但比起梵蒂冈来就太少了。梵蒂冈有好几个雕刻院，收藏约有四千件，著名的《拉奥孔》（Laocooen）便在这里。画院藏画五十幅，都是精品，拉飞尔的《基督现身图》是其中之一，现在却因修理关着。梵蒂冈的壁画极精彩，多是拉飞尔和他门徒的手笔，为别处所不及。有四间拉飞尔室和一些廊子，里面满是他们的东西。拉飞尔由此得名。他是乌尔比奴人，父亲是诗人兼画家。他到罗马后，极为人所爱重，大家都要教他画；他忙不过来，只好收些门徒作助手。他的特长在画人体。这是实在的人，肢体圆满而结实，有肉有骨头。这自然受了些佛罗伦司派的影响，但大半还是他的天才。他对于气韵、远近、大小与颜色也都有敏锐的感觉，所以成为大家。他在罗马住的屋子还在，坟在国葬院里。歇司丁堂与拉飞尔室齐名，也在宫内。这个神堂是十五世纪时歇司土司第四造的，第一百三十三英尺，宽四十五英尺。两旁墙的上部，都由佛罗伦司派画家装饰，有波铁乞利在内。屋顶的画满都是密凯安杰罗的，歇司丁堂著名在此。密凯安杰罗是佛罗伦司派的极峰。他不多作画，一生精华都在这里。他画这屋顶时候，以深沉肃穆的心情渗入画中。他的构图里气韵流动着，形体的勾勒也自然灵妙，还有那雄伟出尘的风度，都是他独具的好处。堂中祭坛的墙上也是他的大画，叫做《最后的审判》。这幅壁画是以后多年画的，费了他七年工夫。

罗马城外有好几处隧道，是一世纪到五世纪时候基督教徒挖下来做墓穴的，但也用作敬神的地方。尼罗搜杀基督教徒，他们往往避难于此。最值得看的是圣卡里斯多隧道。那儿还有一种热诚花，十二瓣，据说是代表十二使徒的。我们看的是圣赛巴司提亚堂底下的那一处，大家点了小蜡烛下去。曲曲折折的狭路，两旁是大大小小深深浅浅的墓穴。现在自然是空的，可是有时还看见些零星的白骨。有一处据说圣彼得住过，成了龛堂，壁上画得很好。另处也还有些壁画的残迹。这个隧道似乎有四层，占的地方也不小。圣赛巴司提亚堂里保存着一块石头，上有大脚印两个。他们说是耶稣基督的，现在供养在神龛里。另一个教堂也供着这么一块石头，据说是仿本。

缧绁堂建于第五世纪，专为供养拴过圣彼得的一条铁链子。现在这条链子还好好的在一个精美的龛子里。堂中周理乌司第二纪念碑上有密凯安杰罗雕的几座像，摩西像尤为著名。那种原始的坚定的精神和勇猛的力量从眉目上、胡须上、胳膊上、手上、腿上，处处透露出来，教你觉得见着了一个伟大的人。又有个阿拉古里堂，中有圣婴像。这个圣婴自然便是耶稣基督，是十五世纪耶路撒冷一个教徒用橄榄木雕的。他带它到罗马，供养在这个堂里。四方来许愿的很多，据说非常灵验。它身上密层层地挂着许多金银饰器都是人家还愿的。还有好些信写给它，表示敬慕的意思。

罗马城西南角上，挨着古城墙，是英国坟场或叫做新教坟场。这里边葬的大都是艺术家与诗人，所以来参谒来凭吊的意大利人和别国的人终日不绝。就中最有名的自然是十九世纪英国浪漫诗人雪莱与济兹的墓。雪莱的心葬在英国，他的遗灰在这儿。墓在古城墙下斜坡上，盖有一块长方的白石，第一行刻着“心中心”，下面两行是生卒年月，再下三行是莎士比亚《风暴》中的仙歌：

彼无毫毛损，
海涛变化之，
从此更神奇。

好在恰恰关合雪莱的死和他的为人。济兹墓相去不远，有墓碑，上面刻着道：

这座坟里是
英国一位少年诗人的遗体；
他临死时候，
想着他仇人们的恶势力，
痛心极了，叫将下面这一句话
刻在他的墓碑上：
“这儿躺着一个人，
他的名字是用水写的。”

末一行是速朽的意思。但他的名字正所谓“不废江河万古流”，又岂是当时人所料得到的。后来有人别作新解，根据这一行话作了一首诗，连济兹的小像一块儿刻铜嵌在他墓旁墙上。这首诗的原文是很有风趣的：

济兹名字好，
说是水写成；
一点一滴水，
后人的泪痕——
英雄枯万骨，
难如此感人。
安睡吧，
陈词虽挂漏，
高风自峥嵘。

这座坟场是罗马富有诗意的一角。有些爱罗马的人虽不死在意大利，也会遗嘱葬在这座“永远的城”的永远的一角里。

（原载 1932 年 10 月 1 日《中学生》第 28 号）

滂卑[1]故城

滂卑（Pompei）故城在奈波里之南，意大利半岛的西南角上。维苏威火山在它的正东，像一座围屏。纪元七十九年，维苏威初次喷火。喷出的熔岩倒没有什么，可是那崩裂的灰土山一般压下来，到底将一座繁华的滂卑城活活地埋在底下，不透一丝风儿。那时是半夜里。好在大多数人瞧着兆头不妙，早卷了细软走了；剩下的并不多，想来是些穷小子和傻瓜罢。城是埋下去了，年岁一久，谁也忘记了。只存下当时一个叫小勃里尼的人的两封信，里面叙述滂卑陷落的情形，但没有人能指出这座故城的遗址来。直到一七四八年大剧场与别的

① 今译为“庞贝”。

几座房子出土，才有了头绪。系统的发掘却迟到一八六〇年。到现在这座城大半都出来了。工作还继续着。

滂卑的文化很高，从道路、建筑、壁画、雕刻、器皿等都可看出。后三样大部分陈列在奈波里国家博物院中，去滂卑的人最好先到那里看看。但是这种文化大体从希腊输入，罗马人自己的极少。当时罗马的将领打过了好些个胜仗，闲着没事，便风雅起来，搜罗希腊的美术品，装饰自己的屋子。这些东西有的是打仗时抢来的，有的是买的。古语说得好："上有好者，下必有甚焉者。"这种美术的嗜好渐渐成了风气。那时罗马人有的是钱，希腊人却穷了，乐得有这班好主顾。"物聚于所好"，滂卑还只是第三等的城市，大户人家陈设的美术品已经像一所不寒尘的博物院，别的大城可想而知。

滂卑沿海，当时与希腊交通，也是个商业的城市，人民是很富裕的。他们的生活非常奢靡，正合"饱暖思淫欲"一句话。滂卑的淫风似乎甚盛。他们崇拜男根，相信可以给人好运气，倒不像后世人作不净想。街上走，常见墙上横安着黑的男根，器具也常以此为饰。有一所大住宅，是两个姓魏提的单身男子住的，保存得最好。里面一间小屋子，墙上满是春画，据说他们常从外面叫了女人到这里。院子里本有一座喷泉，泉水以小石像的男根为出口。这座像现在也藏在那间小屋中。廊下还有一幅壁画，画着一架天秤，左盘里是钱袋，一个人以他的男根放在右盘中，左盘便高起来了。可见滂卑人所重在彼而不在此。另有妓院一所，入门中间是穿堂，两边有小屋五间，每间有一张土床，床以外隙地便不多。穿堂墙上是春画。小屋内墙上间或刻着人名，据说这是游客的题名保荐，让他的朋友们看了，也选他的相好。

从来酒色连文，滂卑人在酒上也是极放纵的。只看到处是酒店，人家里多有藏酒的地窖子便知道了。滂卑的酒店有些像杭州绍兴一带的，酒垆与柜台都在门口，里面没有多少地方，来者大约都是喝“柜台酒”的。现在还可以见许多残破的酒垆和大大小小的酒罎，人家地窖里堆着的酒罎也不少。这些酒罎是黄土做的，长颈细腹尖底，样子灵巧，可是放不稳，不知当时如何安置。

上面说起魏提的住宅，是很讲究的。宅子高大，屋子也多，一所空阔的院子，周围是深深的走廊，廊下悬着石雕的面具，院中也放着许多雕像，中间是喷泉和鱼池，屋后还有花园。滂卑中上人家大概都有喷泉，鱼池与花园，大小称家之有无。喷泉与鱼池往往是分开的。水从山上用铅管引下来，办理得似乎不坏。魏提家的壁画颇多，墙壁用红色，粉刷得光润无比，和大理石差不多，画也精工美妙。饭厅里画着些各行手艺，仿佛宋人《懋迁图》的味儿。但做手艺的都是带翅子的小爱神，便不全是写实了。在红墙上画出一条黑带儿，在这条道儿上面再用鲜明的蓝黄等颜色作画，映照起来最好看；蓝色中渗一点粉，用来画衣裳与爱神的翅膀等，真是飘飘欲举。这种画分明仿希腊的壁雕，所以结构亭匀不乱。膳厅中画最多。黑带子是在墙下端，上面是一幅幅的并列着，却没有甚大的。膳厅中如何布置，已不可知。曾见别两家的是这样：中间一座长方的小石灰台子，红色，这便是桌子；围着是马蹄形的坐位，也是石灰砌的，颜色相同；近台子那一圈低些阔些，是坐的，后面狭狭的矮矮的四五层斜着上去，像是靠背用的，最上层便又阔了。但那两家规模小，魏提家当然要阔些。至于地用嵌石铺，是在意中的。这些屋子里的银器铜器玻璃器等与壁画雕像大部分保存在奈波里，还有涂上石灰的尸首及已化炭的面包和谷类，都是城陷时的东西。

滂卑人是会享福的，他们的浴场造得很好。冷热浴蒸气浴都有。场中存衣柜，每个浴客一个，他们可以舒舒服服地放心洗澡去。场宽阔高大，墙上和圆顶上满是画。屋顶正中开一个大圆窗子，光从这里下来，雨也从这里下来。但他们不在乎雨，场里面反正是湿的。有一处浴场对门便是饭馆，洗完澡，就上这儿吃点儿喝点儿，真“美”啊。滂卑城并不算大，却有三个戏园子。大剧场为最，能容两万人，大约不常用，现在还算完好。常用的两个比较小些，已颓毁不堪。一个据说有顶，是夜晚用的；一个无顶，是白天用的。城中有好几个市场，是公众买卖与娱乐的地方，法庭庙宇都在其中。现在却只见几片长方的荒场和一些破坛断柱而已。

街市中除酒店外，别种店铺的遗迹也还不少。曾走过一家药店，架子上还零乱地放着些玻璃瓶儿；又走过一家饼店，五个烘饼的小砖炉也还好好的。街旁常见水槽，槽里的水是给马喝的，上面另有一个管子，行人可以就着喝。喝时须以一只手按着槽边，翻过身仰起脸来。这个姿势也许好看，舒服是并不的。日子多了，槽边经人按手的地方凹了下去，磨得光滑滑的。街路用大石铺成，也还平整宽舒；中间常有三大块或两大块椭圆的平石分开放着，是为上下马车用的。车有两轮，恰好从石头空处过去。街道是直的，与后世取曲势的不同。虽然一望到头，可是衬着两旁一排排的距离相似高低相仿的颓垣断户，倒仿佛无穷无尽似的。从整齐划一中见伟大，正中古罗马人的长处。

（原载1932年10月1日《中学生》第28号）

瑞　士

瑞士有“欧洲的公园”之称。起初以为有些好风景而已。到了那里，才知无处不是好风景，而且除了好风景似乎就没有什么别的。这大半由于天然，小半也是人工。瑞士人似乎是靠游客活的，只看很小的地方也有若干若干的旅馆就知道。他们拼命地筑铁道通轮船，让爱逛山的爱游湖的都有落儿；而且车船两便，票在手里，爱怎么走就怎么走。瑞士是山国，铁道依山而筑，隧道极少，所以老是高高低低，有时像差得很远的。还有一种爬山铁道，这儿特别多。狭狭的双轨之间，另加一条特别轨：有时是一个个方格儿，有时是一个个钩子；车底下带一种齿轮似的东西，一步步咬着这些方格儿，这些钩子，慢慢地爬上爬下。这种铁道不用说工程大极了，有些简直是笔陡笔陡的。

逛山的味道实在比游湖好。瑞士的湖水一例是淡蓝的，真正平得像镜子一样。太阳照着的时候，那水在微风里摇晃着，宛然是西方小姑娘的眼。若遇着阴天或者下小雨，湖上迷迷蒙蒙的，水天混在一块儿，人如在睡里梦里。也有风大的时候，那时水上便皱起粼粼的细纹，有点像颦眉的西子。可是这些变幻的光景在岸上或山上才能整个儿看见，在湖里倒不能领略许多。况且轮船走得究竟慢些，常觉得看来看去还是湖，不免也腻味。逛山就不同，一会儿看见湖，一会儿不看见；本来湖在左边，不知怎么一转弯，忽然挪到右边了。湖上固然可以看山，山上还可看山，阿尔卑斯有的是重峦叠嶂，怎么看也不会穷。山上不但可以看山，还可以看谷，稀稀疏疏错错落落的房舍，仿佛有鸡鸣犬吠的声音，在山肚里，在山脚下。看风景能够流连低徊固然高雅，但目不暇接地过去，新境界层出不层，也未尝不淋漓痛快。坐火车逛山便是这个办法。

卢参（Luzerne）[①] 在瑞士中部，卢参湖的西北角上。出了车站，一眼就看见那汪汪的湖水和屏风般的青山，真有一

① 今译为“卢塞恩”，又译“琉森”。

股爽气扑到人的脸上。与湖连着的是劳思河①，穿过卢参的中间。

河上低低的一座古水塔，从前当作灯塔用。这儿称灯塔为“卢采那”，有人猜“卢参”这名字就是由此而出。这座塔低得有意思，依傍着一架曲了又曲的旧木桥，倒配了对儿。这架桥带顶，像廊子，分两截，近塔的一截低而窄，那一截却突然高阔起来，仿佛彼此不相干，可是看来还只有一架桥。不远儿另是一架木桥，叫龛桥，因上有神龛得名，曲曲的，也古。许多对柱子支着桥顶，顶底下每一根横梁上两面各钉着一大幅三角形的木板画，总名“死神的跳舞”。每一幅配搭的人物和死神跳舞的姿态都不相同，意在表现社会上各种人的死法。画笔大约并不算顶好，但这样上百幅的死的图画，看了也就够劲儿。过了河往里去，可以看见城墙的遗迹。墙依山而筑，蜿蜒如蛇；现在却只见一段一段的嵌在住屋之间。但九座望楼还好好的，和水塔一样都是多角锥形，多年的风吹日晒雨淋，颜色是黯淡得很了。

冰河公园也在山上。古代有一个时期北半球全埋在冰雪里，瑞士自然在内。阿尔卑斯山上积雪老是不化，越堆越多。在底下的渐渐地结成冰，最底下的一层渐渐地滑下来，

① 今译为“罗伊斯河”。

顺着山势，往谷里流去。这就是冰河。冰河移动的时候，遇着夏季，便大量地溶化。这样溶化下来的一股大水，力量无穷。石头上一个小缝儿，在一个夏天里，可以让冲成深深的大潭。这个叫磨穴。有时大石块被带进潭里去，出不来，便只在那儿跟着水转。初起有棱角，将潭壁上磨了许多道儿。日子多了，棱角慢慢光了，就成了一个大圆球，还是转着。这个叫磨石。冰河公园便以这类遗迹得名。大大小小的石潭，大大小小的石球，现在是安静了；但那粗糙的样子还能教你想见多少万年前大自然的气力。可是奇怪，这些不言不语的顽石，居然背着多少万年的历史，比我们人类还老得多多，要没人卓古证今地说，谁相信。这样讲，古诗人慨叹"磊磊涧中石"，似乎也很有些道理在里头了。这些遗迹本来一半埋在乱石堆里，一半埋在草地里，直到一八七二年秋天才偶然间被发现。还发现了两种化石：一种上是些蚌壳，足见阿尔卑斯脚下这一块土原来是滔滔的大海；另一种上是片棕叶，又足见此地本有热带的大森林。这两期都在冰河期前，日子虽然更杳茫，光景却还能在眼前描画得出，但我们人类与那种大自然一比，却未免太微细了。

立矶山（Rigi）① 在卢参之西，乘轮船去大约要一点钟。

---

① 今译为"瑞吉山"。

去时是个阴天，雨意很浓。四周陡峭的青山的影子冷冷地沉在水里。湖面儿光光的，像大理石一样。上岸的地方叫威兹老，山脚下一座小小的村落，疏疏散散遮遮掩掩的人家，静透了。上山坐火车，只一辆，走得可真慢，虽不像蜗牛，却像牛之至。一边是山，太近了，不好看；一边是湖，是湖上的山。从上面往下看，山像一片一片儿插着，湖也像只有一薄片儿。有时窗外一座大崖石来了，便什么都不见；有时一片树木来了，只好从枝叶的缝儿里张一下。山上和山下一样，静透了，常常听到牛铃儿叮儿当的。牛带着铃儿，为的是跑到那儿都好找。这些牛真有些“不知汉魏”，有一回居然挡住了火车，开车的还有山上的人帮着，吆喝了半大，才将它们哄走。但是谁也没有着急，只微微一笑就算了。山高五千九百零五英尺，顶上一块不大的平场。据说在那儿可以看见周围九百里的湖山，至少可以看见九个湖和无数的山峰。可是我们的运气坏，上山后云便越浓起来。到了山顶，什么都裹在云里，几乎连我们自己也在内。在不分远近的白茫茫里闷坐了一点钟，下山的车才来了。

交湖（Interlaken）在卢参的东南。从卢参去，要坐六点钟的火车。车子走过勃吕尼山峡。这条山峡在瑞士是最低的，可是最有名。沿路的风景实在太奇了。车子老是挨着一边儿山脚下走，路很窄。那边儿起初也只是山，青青青青的。越往上走，那些山越高了，也越远了，中间豁然开朗，一片一片的谷，是从来没看见过的山水画。车窗里直望下去，却往往只见一丛丛的树顶，到处是深的绿，在风里微微波动着。路似乎颇弯曲的样子，一座大山峰老是看不完。瀑布左一条右一条的，多少让山顶上的云掩护着，清淡到像一些声音都没有，不知转了多少转，到勃吕尼了。这儿高三千二百九十六英尺，差不多到了这条峡的顶。从此下山，不远便是勃利安湖的东岸，北岸就是交湖了。车沿着湖走。太阳出来了，隔岸的高山青得出烟，湖水在我们脚下百多尺，闪闪的像珐琅一样。

交湖高一千八百六十六英尺，勃利安湖与森湖交会于此。地方小极了，只有一条大街，四周让阿尔卑斯的群峰严严地围着。其中少妇峰最为秀拔，积雪皑皑，高出云外。街北有两条小径。一条沿河，一条在山脚下，都以幽静胜。小径的一端，依着座小山的形势参差地安排着些别墅般的屋子。街南一块平原，只有稀稀的几个人家，显得空旷得不得了。早晨从旅馆的窗子看，一片清新的朝气冉冉地由远而近，仿佛在古时的村落里。街上满是旅馆和铺子，铺子不外卖些纪念品、咖啡、酒饭，等等，都是为游客预备的，还有旅行社，更是的。这个地方简直是游客的地方，不像属于瑞士人。纪念品以刻木为最多，大概是些小玩意儿，是一种涂紫色的木头，虽然刻得粗略，却有气力。在一家铺子门前看见一个美国人在说："你们这些东西都没有用处，我不欢喜玩意儿。"买点纪念品而还要考较用处。此君真美国得可以了。

从交湖可以乘车上少妇峰，路上要换两次车。在老台勃鲁能换爬山电车，就是下面带齿轮的。这儿到万根，景致最好看。车子慢慢爬上去，窗外展开一片高山与平陆，宽旷到一眼望不尽。坐在车中，不知道车子如何爬法，却看那边山上也有一条陡峻的轨道，也有车子在上面爬着，就像一只甲虫。到万格那尔勃可见冰川，在太阳里亮晶晶的。到小夏代格再换车，轨道中间装上一排铁钩子，与车底下的齿轮好咬得更紧些。这条路直通到少妇峰前头，差不多整个儿是隧道。因为山上满积着雪，不得不打山肚里穿过去。这条路是欧洲最高的铁路，费了十四年工夫才造好，要算近代顶伟大的工程了。

在隧道里走没有多少意思，可是哀格望车站值得看。那前面的看廊是从山岩里硬凿出来的。三个又高又大又粗的拱门般的窗洞，教你觉得自己藐小。望出去很远，五千九百零四英尺下的格林德瓦德也可见。少妇峰站的看廊却不及这里，一眼尽是雪山，雪水从檐上滴下来，别的什么都没有。虽在一万一千三百四十二英尺的高处，而不能放开眼界，未免令人有些怅怅。但是站里有一架电梯，可以到山顶上去。这是小小一片高原，在明西峰与少妇峰之间，三百二十英尺长，厚厚地堆着白雪。雪上虽只是淡淡的日光，乍看竟耀得人睁不开眼。这儿可望得远了。一层层的峰峦起伏着，有戴雪的，有不戴的，总之越远越淡下去。山缝里躲躲闪闪一些玩具般的屋子，据说便是交湖了。原上一头插着瑞士白十字国旗，在风里飒飒地响，颇有些气势。山上不时地雪崩，沙沙沙沙流下来像水一般，远看很好玩儿。脚下的雪滑极了，走不惯的人寸步都得留神才行。少妇峰的顶还在二千三百二十五英尺之上，得凭着自己的手脚爬上去。

下山还在小夏代格换车，却打这儿另走一股道，过格林德瓦德直到交湖，路似乎平多了。车子绕明西峰走了好些时候。明西峰比少妇峰低些，可是大。少妇峰秀美得好，明西峰雄奇得好。车子紧挨着山脚转，陡陡的山势似乎要向窗子里直压下来，像传说中的巨人。这一路有几条瀑布，瀑布下的溪流快极了，翻着白沫，老像沸着的锅子。早九点多在交湖上车，回去是五点多。

司皮也兹（Spiez）是玲珑可爱的一个小地方：临着森湖，如浮在湖上。路依山而建，共有四五层，台阶似的。街上常看不见人。在旅馆楼上待着，远处偶然有人过去，说话声音听得清清楚楚的。傍晚从露台上望湖，山脚下的暮霭混在一抹轻蓝里，加上几星儿刚放的灯光，真有味。孟特罗（Mon Dtreux）的果子可可糖也真有味。日内瓦像上海，只湖中大喷水，高二百余英尺，还有卢梭岛及他出生的老屋，现在已开了古董铺的，可以看看。

1932 年 10 月 17 日作

（原载 1932 年 11 月 1 日《中学生》第 29 号）

荷　兰

一个在欧洲没住过夏天的中国人，在初夏的时候，上北国的荷兰去，他简直觉得是新秋的样子。淡淡的天色，寂寂的田野，火车走着，像没人理会一般。天尽头处偶尔看见一架半架风车，动也不动的，像向天揸开的铁手。在瑞士走，有时也是这样一劲儿的静。可是这儿的肃静，瑞士却没有。瑞士大半是山道，窄狭的，弯曲的，这儿是一片广原，气象自然不同。火车渐渐走近城市，一溜房子看见了。红的黄的颜色，在那灰灰的背景上，越显得鲜明照眼。那尖屋顶原是三角形的底子，但左右两边近底处各折了一折，便多出两个角来，机伶里透着老实，像个小胖子，又像个小老头儿。

荷兰人有名地会盖房子。近代谈建筑，数一数二是荷兰人。快到罗特丹（Rotterdam）[①] 的时候，有一家工厂，房屋是新样子。房子分两截，近处一截是一道内曲线，两大排玻璃窗子反射着强弱不同的光。接连着的一截是比较平正些的八层楼，窗子也是横排的。“楼梯间”满用玻璃，外面既好看，上楼又明亮好走，比旧式阴森森的楼梯间，只在墙上开着小窗户的自然好多了。整排不断的横窗户也是现代建筑的特色，靠着钢骨水泥，才能这样办。这家工厂的横窗户有两个式样，窗宽墙窄是一式，墙宽窗窄又是一式。有人说这种墙和窗子像面包夹火腿，但那是面包那是火腿却弄不明白。又有人说这种房子仿佛满支在玻璃上，老教人疑心要倒塌似的。可是我只觉得一条条连接不断的横线都有大气力，足以支撑这座大屋子而有余，而且一眼看下去，痛快极了。

海牙和平宫左近，也有不少新式房子，以铺面为多，与工厂又不同。颜色要鲜明些，装饰风也要重些，大致是清秀玲珑的调子。最精致的要数那一座“大厦”，是分租给人家住的。是不规则的几何形。约莫居中是高耸的通明的楼梯间，界划着黑钢的小方格子。一边是长条子，像伸着的一只胳膊；一边是方方的。每层楼都有栏干，长的那边用蓝色，方的那边用白色，衬着淡黄的窗子。人家说荷兰的新房子就

---

① 今译为“鹿特丹”。

像一只轮船，真不错。这些栏干正是轮船上的玩意儿。那梯子间就是烟囱了。大厦前还有一个狭长的池子，浅浅的，尽头处一座雕像。池旁种了些花草，散放着一两张椅子。屋子后面没有栏干，可是水泥墙上简单的几何形的界划，看了也非常爽目。那一带地方很宽阔，又清静，过午时大厦满在太阳光里，左近一些碧绿的树掩映着，教人舍不得走。亚姆斯特丹（Ams Dterdam）① 的新式房子更多。皇宫附近的电报局，样子打得巧，斜对面那家电气公司却一味地简朴，两两相形起来，倒有点意思。别的似乎都赶不上这两所好看。但“新开区”还有整大片的新式建筑，没有得去看，不知如何。

荷兰人又有名地会画画。十七世纪的时候，荷兰脱离了西班牙的羁绊，渐渐地兴盛，小康的人家多起来了。他们衣食既足，自然想着些风雅的玩意儿。那些大幅的神话画宗教画，本来专供装饰宫殿小教堂之用。他们是新国，用不着这些。他们只要小幅头画着本地风光的。人像也好，风俗也好，景物也好，只要“荷兰的”就行。在这些画里，他们亲亲切切地看见自己。要求既多，供给当然跟着。那时画是上市的，和皮鞋与蔬菜一样，价钱也差不多。就中风俗画（Genrepic Dture）最流行。直到现在，一提起荷兰画家，人

---

① 今译为“阿姆斯特丹”。

总容易想起这种画。这种画的取材是极平凡的日常生活，而且限于室内，采的光往往是灰暗的。这种材料的生命在亲切有味或滑稽可喜。一个卖野味的铺子可以成功一幅画，一顿饭也可能成功一幅画。有些滑稽太过，便近乎低级趣味。譬如海牙毛利丘司（Mauritshuis）画院所藏的莫兰那(Molenaer)画的《五觉图》。《嗅觉》一幅，画一妇人捧着小孩，他正在拉矢。《触觉》一幅更奇，画一妇人坐着，一男人探手入她的衣底；妇人便举起一只鞋，要向他的头上打下去。这画院里的名画却真多。陀（Dou）的《年轻的管家妇》，琐琐屑屑地画出来，没有一些地方不熨贴。鲍特(Potter）的《牛》工极了，身上一个蝇子都没有放过，但是活极了，那牛简直要从墙上缓缓地走下来，布局也单纯得好。卫米尔（Vermeer）画他本乡代夫脱（Delft）的风景一幅，充分表现那静肃的味道。他是小风景画家，以善分光影和精于布局著名。风景画取材杂，要安排得停当是不容易的。荷兰画像，哈司（Hals）是大师。但他的好东西都在他故乡哈来姆（Haorlem），别处见不着。亚姆斯特丹的力克士博物院（Ryks Museum）中有他一幅《俳优》，是一个弹着琵琶的人，神气颇足。这些都是十七世纪的画家。

但是十七世纪荷兰最大的画家是冉伯让（Rembrandt）。

他与一般人不同，创造了个性的艺术，将自己的思想感情，自己这个人放进他画里去。他画画不再伺候人，即使画人像，画宗教题目，也还分明地见出自己。十九世纪艺术的浪漫运动只承认表现艺术家的个性的作品有价值，便是他的影响。他领略到精神生活里神秘的地方，又有深厚的情感，最爱用一片黑做背景，但那黑是活的不是死的。黑里渐渐透出黄黄的光，像压着的火焰一般。在这种光里安排着他的人物。像这样的光影的对照是他的绝技，他的神秘与深厚也便从这里见出。这不仅是浮泛的幻想，也是贴切的观察。在他作品里梦和现实混在一块儿。有人说他从北国的烟云里悟出了画理，那也许是真的。他会看到氤氲的底里去。他的画像最能表现人的心理，也便是这个缘故。

毛利丘司里有他的名作《解剖班》《西面在圣殿中》。前一幅写出那站着在说话的大夫从容不迫的样子。一群学生围着解剖台，有些坐着，有些站着，毛着腰的，侧着身子的，直挺挺站着的，应有尽有。他们的头，或俯或仰，或偏或正，没有两个人相同。他们的眼看着尸体，看着说话的大夫，或无所属，但都在凝神听话。写那种专心致志的光景，维妙维肖。后一幅写殿宇的庄严，和参加的人的圣洁与和蔼，一种虔敬的空气弥漫在画面上，教人看了会沉静下去。

他的另一杰作《夜巡》在力克士博物院里。这里一大群武士，都拿了兵器在守望着敌人，一位爵爷站在前排正中间，向着旁边的弁兵有所吩咐；别的人有的在眺望，有的在指点，有的在低低地谈论；右端一个打鼓的，人和鼓都只露了一半，他似乎焦急着，只想将槌子敲下去；左端一个人也在忙忙地伸着右手整理他的枪口；他的左胳膊底下钻出一个孩子，露着惊惶的脸。人物的安排，交互地用疏密与明暗，乍看不匀称，细看再匀称没有。这幅画里光的运用最巧妙，那些浓淡浑析的地方，便是全画的精神所在。冉伯让是雷登(Leyden)人，晚年住在亚姆斯特丹。他的房子还在，里面陈列着他的腐刻画与钢笔毛笔画。腐刻画是用药水在铜上刻出画来的。他是大匠手，钢笔画毛笔画他也擅长。这里还有他的一座铜像，在用他的名字的广场上。

海牙是荷兰的京城，地方不大，可是清静。走在街上，在淡淡的太阳光里，觉得什么都可以忘记了的样子。城北尤其如此。新的和平宫就在这儿，这所屋是一个人捐了做国际法庭用的。屋不多，里面装饰得很好看。引导人如数家珍地指点着，告诉游客这些装饰品都是世界各国捐赠的。楼上正中一间大会议厅，他们称为日本厅，因为三面墙上都挂着日本的大幅的绛丝，而这几幅东西是日本用了多少多少人在不多的日子里特地赶做出来给这所和平宫用的。这几幅都是花鸟，颜色鲜明，织得也细致，那日本特有的清丽的画风整个儿表现着。中国送的两对景泰蓝的大壶（古礼器的壶）也安放在这间厅里。厅中间是会议席，每一张椅子背上有一个缎套子，绣着一国的国旗，那国的代表开会时便坐在这里。屋左屋后是花园：亭子、喷水、雕像、花木，等等，错综地点缀着，明丽深曲兼而有之。也不十二分大，却老像走不尽的样子。从和平宫向北去，电车在稀疏的树林子里走。满车中绿荫荫的，斑驳的太阳光在车上在地下跳跃着过去。不多一会儿就到海边了。海边热闹得很，玩儿的人来往不绝。长长的一带沙滩上，满放着些藤篓子——实在是些轿式的藤椅子，预备洗完澡坐着晒太阳的。这种藤篓子的顶像一个瓢，又圆又胖，那拙劲儿真好。更衣的小木屋也多。大约天气还冷，沙滩上只看见零零落落的几个人。那北海的海水白白的展开去，没有一点风涛，像个顶听话的孩子。

亚姆斯特丹在海牙东北，是荷兰第一个大城。自然不及海牙清静。可是河道多，差不多有一道街就有一道河，是北国的水乡，所以有“北方威尼斯”之称。桥也有三百四十五座，和威尼斯简直差不多。河道宽阔干净，却比威尼斯好。站在桥上顺着河望过去，往往水木明瑟，引着你一直想见最远最远的地方。亚姆斯特丹东北有一个小岛，叫马铿(Marken)岛，是个小村子。那边的风俗服装古里古怪的，你一脚踏上岸就会觉得回到中世纪去了。乘电车去，一路经过两三个村子。那是个阴天。漠漠的风烟，红黄相间的板屋，正在旋转着让船过去的轿，都教人耳目一新。到了一处，在街当中下了车，由人指点着找着了小汽轮。海上坦荡荡的，远处一架大风车在慢慢地转着。船在斜风细雨里走，渐渐从朦胧里看见马铿岛。这个岛真正“不满眼”，一道堤低低的环绕着。据说岛只高出海面几尺，就仗着这一点儿堤挡住了那茫茫的海水。岛上不过二三十份人家，都是尖顶的板屋；下面一律搭着架子，因为隔水太近了。板屋是红黄黑三色相间着，每所都如此。岛上男人未多见，也许打渔去了；女人穿着红黄白蓝黑各色相间的衣裳，和他们的屋子相配。总而言之，一到了岛上，虽在黯淡的北海上，眼前却亮起来了。岛上各家都预备着许多纪念品，争着将游客让进去；也有装了一大柳条筐，一手抱着孩子，一手挽着筐子在路上兜售的。自然做这些事的都是些女人。纪念品里有些玩意儿不坏：如小木鞋，像我们的毛窝的样子；如长的竹烟袋儿，烟袋锅的脖子上挂着一双顶小的木鞋，的里瓜拉的；如手绢儿，一角上绒绣着岛上的女人，一架大风车在她们头上。

回来另是一条路，电车经过另一个小村子叫伊丹(Edam)。这儿的干酪四远驰名，但那一座挨着一座跨在一条小河上的高架吊桥更有味。望过去足有二三十座，架子像城门圈一般；走上去便微微摇晃着。河直而窄，两岸不多几层房屋，路上也少有人，所以仿佛只有那一串儿的桥轻轻地在风里摆着。这时候真有些觉得是回到中世纪去了。

1932 年 11 月 17 日作

（原载 1932 年 12 月 1 日《中学生》第 30 号）

柏　林

柏林的街道宽大、干净，伦敦巴黎都赶不上的；又因为不景气，来往的车辆也显得稀些。在这儿走路，尽可以从容自在地呼吸空气，不用张张望望躲躲闪闪。找路也顶容易，因为街道大概是纵横交切，少有“旁逸斜出”的。最大最阔的一条叫菩提树下，柏林大学、国家图书馆、新国家画院、国家歌剧院都在这条街上。东头接着博物院洲、大教堂、故宫；西边到著名的勃朗登堡门为止，长不到二里。过了那座门便是梯尔园，街道还是直伸下去——这一下可长了，三十七八里。勃朗登堡门和巴黎凯旋门一样，也是纪功的。建筑在十八世纪末年，有点仿雅典奈昔克里司门的式样。高六十六英尺，宽六十八码半，两边各有六根多力克式石柱子。顶上是站在驷马车里的胜利神像，雄伟庄严，表现出德意志国都的神采。那神像在一八零七年被拿破仑当作胜利品带走，但七年后便又让德国的队伍带回来了。

从菩提树下西去，一出这座门，立刻神气清爽，眼前别有天地：那空阔，那望不到头的绿树，便是梯尔园。这是柏林最大的公园，东西六里，南北约二里。地势天然生得好，加上树种得非常巧妙，小湖小溪，或隐或显，也安排的是地方。大道像轮子的辐，凑向轴心去。道旁齐齐地排着葱郁的高树；树下有时候排着些白石雕像，在深绿的背景上越显得洁白。小道像树叶上的脉络，不知有多少。跟着道走，总有好地方，不辜负你。园子里花坛也不少。罗森花坛是出名的一个，玫瑰最好。一座天然的围墙，圆圆地绕着，上面密密地厚厚地长着绿的小圆叶子，墙顶参差不齐。坛中有两个小方池，满飘着雪白的水莲花，玲珑地托在叶子上，像惺忪的星眼。两池之间是一个皇后的雕像，四周的花香花色好像她的供养。梯尔园人工胜于天然。真正的天然却又是一番境界。曾走过市外“新西区”的一座林子。稀疏的树，高而瘦的干子，树下随意弯曲的路，简直教人想到倪云林的画本。看着没有多大，但走了两点钟，却还没走柏林市内市外常看见运动员风的男人女人。女人大概都光着脚亮着胳膊，雄赳赳地走着，可是并不和男人一样。她们不像巴黎女人的苗条，也不像伦敦女人的拘谨，却是自然得好。有人说她们太粗，可是有股劲儿。司勃来河横贯柏林市，河上有不少划船的人。往往一男一女对坐着，男的只穿着游泳衣，也许赤着膊只穿短裤子。看的人绝不奇怪而且有喝彩的。曾亲见一个女大学生指着这样划着船的人说："美啊!"赞美身体，赞美运动，已成了他们的道德。星期六星期日上水边野外看去，男男女女、老老少少谁都带一点运动员风。再进一步，便是所谓"自然运动"。大家索性不要那捞什子衣服，那才真是自然生活了。这有一定地方，当然不会随处见着。但书籍杂志是容易买到的。也有这种电影。那些人运动的姿势很好看，很柔软，有点儿像太极拳。在长天大海的背景上来这一套，确是美的，和谐的。日前报上说德国当局要取缔他们，看来未免有些个多事。

柏林重要的博物院集中在司勃来河中一个小洲上。这就叫做博物院洲。虽然叫做洲，因为周围陆地太多，河道几乎挤得没有了，加上十六道桥，走上去毫不觉得身在洲中。洲上总共七个博物院，六个是通连着的。最奇伟的是勃嘉蒙(Pergamon)与近东古迹两个。勃嘉蒙在小亚细亚，是希腊的重要城市，就是现在的贝加玛。柏林博物院团在那儿发掘，掘出一座大享殿，是祭大神宙斯用的。这座殿是二千二百年前造的，规模宏壮，雕刻精美。掘出的时候已经残破。经学者苦心研究，知道原来是什么样子，便照着修补起来，安放在一间特建的大屋子里。屋子之大，让人要怎么看这座殿都成。屋顶满是玻璃，让光从上面来，最均匀不过。墙是淡蓝色，衬出这座白石的殿越发有神儿。殿是方锁形，周围都是爱翁匿克式石柱，像是个廊子。当锁口的地方，是若干层的台阶儿。两头也有几层，上面各有殿基。殿基上，柱子下，便是那著名的“壁雕”。壁雕（Frieze）是希腊建筑里特别的装饰，在狭长的石条子上半深浅地雕刻着些故事，嵌在墙壁中间。这种壁雕颇有名作，如现存在不列颠博物院里的雅典巴昔农神殿的壁雕便是。这里的是一百三十二码长，有一部分已经移到殿对面的墙上去。所刻的故事是奥灵匹亚诸神与地之诸子巨人们的战争。其中人物精力饱满，历劫如生。另一间大屋里安放着罗马建筑的残迹。一是大三座门，上下两层，上层全为装饰用。两层各用六对哥林斯式的石柱，与门相间着，隔出略带曲折的廊子。上层三座门是实的，里面各安着一尊雕像，全体整齐秀美之至。一是小神殿。两样都在第二世纪的时候。

近东古迹院里的东西是十九世纪末二十世纪初年德国东

方学会在巴比仑和亚述发掘出来的。中间巴比仑的以色他门(Ischtar Gateway) 最为壮丽。门建筑在二千五百年前奈补卡德乃沙王第二的手里。门圈儿高三十九英尺，城垛儿四十九英尺，全用蓝色珐琅砖砌成。墙上浮雕着一对对的龙（与中国所谓龙不同）和牛，黄的白的相间着；上下两端和边上也是这两色的花纹。龙是巴比仑城隍马得的圣物，牛是大神亚达的圣物。这些动物的像稀疏地排列着，一面墙上只有两行，犄角上只有一行，形状也单纯划一。色彩在那蓝的地子上，却非常之鲜明。看上去真像大幅缂丝的图案似的。还有巴比仑王宫里正殿的面墙，是与以色他门同时做的，颜色鲜丽也一样，只不过以植物图案为主罢了。马得祭道两旁屈折的墙基也用蓝珐琅砖，上面却雕着向前走的狮子。这个祭道直通以色他门，现在也修补好了一小段，仍旧安在以色他门前面。另有一件模型，是整个儿的巴比仑城。这也可以慰情聊胜无了。亚述巴先宫的面墙放在以色他门的对面，当然也是修补起来的：周围正正的拱门，一层层又细又密的柱子，在许多直线里透出秀气。

新博物院第一层中央是一座厅。两道宽阔而华丽的楼梯仿佛占住了那间大屋子，但那间屋子还是照样地觉得大不可言。屋里什么都高大，迎着楼梯两座复制的大雕像，两边墙上大幅的历史壁画，一进门就让人觉得万千的气象。德意志人的魄力，真有他们的。楼上本是雕版陈列室，今年改作哥德展览会。有哥德和他朋友们的像，他的画，他的书的插图，等等。《浮士德》的插图最多，同一件事各人画来趣味各别。楼下是埃及古物陈列室，大大小小的“木乃伊”都有，小孩的也有。有些在头部放着一块板，板上画着死者的面相。这是用熔蜡画的，画法已失传。这似乎是古人一件聪明的安排，让千秋万岁后，还能辨认他们的面影。另有人种学博物院在别一条街上，分两院。所藏既丰富，又多罕见的。第一院吐鲁番的壁画最多。那些完好的真是妙庄严相；那些零碎的也古色古香。中国日本的东西不少，陈列得有系统极了，中日人自己动手，怕也不过如此。第二院藏的日本的漆器与画很好。史前的材料都收在这院里。有三间屋专陈列一八七一到一八九零希利曼（Heinrich Schlieman）发掘特罗衣（Troy）城所得的遗物。

故宫在博物院洲之北，一九二一年改为博物院，分历史的工艺的两部分。历史的部分都是王族用过的公私屋子。这些屋子每间一个样子，屋顶、墙壁、地板、颜色、陈设，各有各的格调。但辉煌精致，是异曲同工的。有一间屋顶作穹隆形状，蓝地金星，俨然夜天的光景。又一间张着一大块伞形的绸子，像在遮着太阳。又一间用了“古络钱”纹做全室的装饰。壁上或画画，或挂画。地板用细木头嵌成种种花样，光滑无比。外国的宫殿外观常不如中国的宏丽，但里边装饰的精美，我们却断乎不及。故宫西头是皇储旧邸。一九一九年因为国家画院的画拥挤不堪，便将近代的作品挪到这儿，陈列在前边的屋子里。大部分是印象派表现派，也有立体派。表现派是德国自己的画派。原始的精神，狂热的色调，粗野模糊的构图，你像在大野里大风里大火里。有一件立体派的雕刻，是三个人像。虽然多是些三角形，直线，可是一个有一个的神气，彼此还互相照应，像真会说话一般。表现派的精神现在还多多少少存在。柏林魏坦公司六月间有所谓“民众艺术展览会”，出售小件用具和玩物。玩物里如小动物孩子头之类，颇有些奇形怪状，别具风趣的。还有展览场六月间的展览里，有一部是剪贴画。用颜色纸或布拼凑成形，安排在一块地子上，一面加上些沙子等，教人有实体之感，一面却故意改变形体的比例与线条的曲直，力避写实的手法。有些现代人大约“是”要看了这种手艺才痛快的。

这一回展览里有好些小家屋的模型，有大有小。大概造起来省钱，屋子里空气，光，太阳都够现代人用。没有那些无用的装饰，只看见横竖的直线。用颜色，或用对照的颜色，教人看一所屋子是“整个儿”，不零碎，不琐屑。小家屋如此，“大厦”也如此。德国的建筑与荷兰不同。他们注重实用，以简单为美，有时候未免太朴素些。近年来柏林这种新房子造得不少。这已不是少数艺术家的试验而是一般人的需要了。“新西区”一带便都是的。那一带住屋小而巧，里面的装饰干净利落，不显一点板滞。“大厦”多在东头亚历山大场，似乎美观的少。有些满用横线，像夹沙糕，有些满用直线，这自然说的是窗子。用直线的据说是美国影响。但美国房屋高入云霄，用直线合式；柏林的低多了，又向横里伸张，用直线便大大地不谐和了。“大厦”之外还有“广场”，刚才说的展览场便是其一。这个广场有八座大展览厅，连附属的屋子共占地十八万二千平方英尺，空场子合计起来共占地六十五万平方英尺。乍走进去的时候，摸不着头脑，仿佛连自己也会丢掉似的。建筑都是新式。整个的场子若在空中看，是一幅图案，轻灵而不板重。德意志体育场，中央飞机场，也都是这一类新造的广场。前两个在西，后一个在南，自然都在市外。此外电影院跳舞场往往得风气之先，也有些新式样。如铁他尼亚宫电影院，那台，那灯，那花楼，不是用圆，用弧线，便是用与弧线相近的曲线，要的也是一个干净利落罢了。台上一圈儿一圈儿有些像排箫的是管风琴。管风琴安排起来最累赘，这儿的布置却新鲜悦目，也许电影管风琴简单些，才可以这么办。颜色用白银与淡黄对照，教人常常清醒。祖国舞场也是新式，但多用直线形，颜色似乎多一种黑。这里面有许多咖啡室。日本室便按日本式陈设，土耳其室便按土耳其式。还有莱茵室，在壁上画着莱茵河的风景，用好些小电灯点缀在天蓝的背景上，看去略得河上的夜的意思——自然，屋里别处是不用灯的。还有雷电室，壁上画着雷电的情景，用电光运转，电射雷鸣，与音乐应和着。爱热闹的人都上那儿去。

柏林西南有个波次丹（Potsdam）①，是佛来德列大帝的城。城外有个无愁园，园里有个无愁宫，便是大帝常住的地方。大帝迷法国，这座宫，这座园子都仿凡尔赛的样子。但规模小多了，神儿差远了。大帝和伏尔泰是好朋友，他请伏尔泰在宫里住过好些日子，那间屋便在宫西头。宫西边有一架大风车。据说大帝不喜欢那风车日夜转动的声音，派人跟那产主说要买它。出乎意外，产主楞不肯。大帝恼了，又派人去说，不卖便要拆。产主也恼了，说，他会拆，我会告他。大帝想不到乡下人这么倔强，大加赏识，那风车只好由

① 今译为“波茨坦”。

它响了。因此现在便叫它做“历史的风车”。隔无愁宫没多少路，有一座新宫，里面有一间“贝厅”，墙上地上满嵌着美丽的贝壳和宝石，虽然奇诡，却以素雅胜。

1933年12月22日作完

（原载1934年2月1日《中学生》第32号）

德瑞司登[①]

德瑞司登（Dresden）在柏林东南，是静静的一座都市。欧洲人说这里有一种礼拜日的味道，因为他们的礼拜日是安息的日子，静不过。这里只有一条热闹的大街，在街上走尽可从从容容，斯斯文文的。街尽处便是易北河。河穿全市而过，弯了两回，所以望不尽。河上有五座桥，彼此隔得远远的，显出玲珑的样子。临河一带高地，叫做勃吕儿原。站在原上，易北河的风光便都到了眼里。这是一个阴天，不时地下着小雨，望过去清淡极了，水与天亮闪闪的，山只剩一些轮廓，人家的屋子和田地都黑黑儿的。有人称这个原为“欧

① 今译为“德累斯顿”。

洲的露台”，未免太过些，但是确也有些可赏玩的东西。从前有位著名的文人在这儿写信给他的未婚夫人，说他正从高岸上望下看，河上一处处的绿野与村落好像“绣在一张毯子上”，“河水刚掉转脸亲了德瑞司登一下，马上又溜开去”。这儿说的是第一个弯子。他还说“绕着的山好像花箍子，响蓝的天好像在意大利似的”。在晴天这大约是真的。

德瑞司登有德国佛罗伦司之称，为的一些建筑和收藏的画。这些建筑多半在勃吕儿原西南一带。其中堡宫①最有意思。堡宫因为邻近旧时的堡垒而得名，是十八世纪初年奥古斯都大力王（Augustus the Strong）吩咐他的建筑师裴佩莽（Poeppelmann）盖的。奥古斯都膂力过人，据说能拗断马蹄铁，又在西班牙斗牛，刺死了一头最凶猛的，所以称为大力王。他是这座都市的恩主，凡是好东西、美东西，都是他留下来的。他造这个堡宫，一来为面子，那时候一个亲王总得有一所讲究的宫房，才有威风，不让人小看。二来为展览美术货色如瓷器，花边等之用。他想在过年过节的时候，多招徕些外路客人，好让他的百姓多做些买卖，以繁荣这个地方。他生在“巴洛克”（Baroque）时代，虽然倾心法国文化，所造的房子却都是德国“巴洛克”式。“巴洛克”式重

① 又称“茨温格宫”。

曲线，重装饰，以华丽炫目为佳。堡宫便是代表。宫中央是极大一个方院子。南面是正门，顶作冕形，叫冕门；分两层，像楼屋，雕刻精细，用许多小柱子。两边各有好些拱门，每门里安一座喷水，上面各放着雕像。现在虽是黯淡了，还可想见当年的繁华。西面有水仙出浴池。十四座龛子拥着一座大喷水，像一只马蹄，绕着小小的池子。每座龛子里站着一个女仙出浴的石像，姿态各不相同。龛外龛上另有繁细的雕饰。这是宫里最美的地方。

堡宫现在分作几个博物院，尽北头是国家画院。德国藏画，要算这里最精了。也创始于奥古斯都，而他的儿子继承其志。奥古斯都自己花钱派了好多人到欧洲各处搜求有价值的画。到他死的时候，院中已有好些不朽的名作。他的儿子奥古斯都第二在位三十年，教大臣勃吕儿伯爵主持收买名画。一七四五年在威尼斯买着百多张意大利重要的作品，为阿尔卑斯山以北所未曾有。一七五四年又从意大利得着拉飞尔的歇司陀的《圣母图》。这是他的杰作。图中间是“圣处女”与“圣婴”，左右是圣巴巴拉与教皇歇克司都第二，下面是两个小天使。有人说“这张画里圣处女的脸，美而秀雅，几乎是女性美的最完全的表现，真动人，真出色”。最妙的，端庄与和蔼都够味，一个与耶稣教毫不相干的游客也会起多少敬爱的意思。图中各人的眼光奇极，从“圣处女”而圣巴巴拉而小天使而教皇，恰好可以钩一个椭圆圈儿。这样一来，那对称的安排才有活气。画院驰名世界，全靠勃吕儿伯爵手里买的这些画。现在院中差不多有画二千五百件，以意大利及荷兰的为最多。画排列得比那儿都整齐清楚，见出德国人的脾气。十八世纪意大利画家卡那来陀在这里住过，留下不少腐刻画，画着堡宫和街巷的景色。还有他的威尼斯风景画，这儿也多，色调构图，鲜明精巧，为别处收藏的所不及。

大街东有圣母堂，也是著名的古迹。一七三六年十二月奥古斯都第二在这里举行过一回管风琴比赛会。与赛的，大音乐家巴赫（Bach）和一个法国人叫马降的。那时巴赫还未大大出名，马降心高气傲，自以为能手。比赛的前一天，巴赫从来比锡来，看见管风琴好，不觉技痒，就坐下弹了一回，想不到马降在一旁窃听。这一听可够他受的。等不到第二天，他半夜里便溜出德瑞司登了，结果巴赫在奥古斯都第二和四千听众之前演了出独脚戏。一八四三年乐圣瓦格纳也在这里演奏过他的名曲《使徒宴》。哥德也站在这里的讲台上说过话，他赞美易北河上的景致，就是在他眼前的。这在一八一三年八月。教堂上有一座高塔顶，远远的就瞧见。相传一七六九年弗雷德力大帝攻打此地，想着这高顶上必有敌人的瞭望台，下令开炮轰。也不知怎样，轰了三天还没轰着。大帝又恨又恼，透着满瞧不起的神儿回头命令炮手道："由那老笨家伙去罢！"

德瑞司登瓷器最著名。大街上有好几家瓷器铺。看来看去，只有舞女的裙子做得实在好。裙子都是白色雕空了像纱一样，各色各样的折纹都有，自然不能像真的那样流动，但也难为他们了。中国瓷器没有如此精巧的，但有些东西却比较着有韵味。

1933年3月13日作

（原载1933年5月1日《中学生》第35号）

莱茵河

莱茵河（The Rhine）发源于瑞士阿尔卑斯山中，穿过德国东部，流入北海，长约二千五百里。分上中下三部分。从马恩斯（Mayence，Mains）到哥龙（Cologne）[1] 算是“中莱茵”，游莱茵河的都走这一段儿。天然风景并不异乎寻常地好，古迹可异乎寻常地多。尤其是马恩斯与考勃伦兹（Koblenz）之间，两岸山上布满了旧时的堡垒，高高下下的，错错落落的，斑斑驳驳的，有些已经残破，有些还完好无恙。这中间住过英雄，住过盗贼，或据险自豪，或纵横驰骤，也曾热闹过一番。现在却无精打采，任凭日晒风吹，一

① 今译为“科隆”。

声儿不响。坐在轮船上两边看，那些古色古香各种各样的堡垒历历的从眼前过去，仿佛自己已经跳出了这个时代而在那些堡垒里过着无拘无束的日子。游这一段儿，火车却不如轮船：朝日不如残阳，晴天不如阴天，阴天不如月夜——月夜，再加上几点儿萤火，一闪一闪地在寻觅荒草里的幽灵似的。最好还得爬上山去，在堡垒内外徘徊徘徊。

这一带不但史迹多，传说也多。最凄艳的自然是脍炙人口的声闻岩头的仙女子。声闻岩在河东岸，高四百三十英尺，一大片暗淡的悬岩，嶙嶙峋峋的。河到岩南，向东拐个小湾，这里有顶大的回声，岩因此得名。相传往日岩头有个仙女美极了，终日歌唱不绝。一个船夫傍晚行船，走过岩下，听见她的歌声，仰头一看，不觉忘其所以，连船带人都撞碎在岩上。后来又死了一位伯爵的儿子。这可闯下大祸来了。伯爵派兵遣将，给儿子报仇。他们打算捉住她，锁起来，从岩顶直摔下河里去。但是她不愿死在他们手里，她呼唤莱茵母亲来接她。河里果然白浪翻腾，她便跳到浪里。从此声闻岩下听不见歌声，看不见倩影，只剩晚霞在岩头明灭。德国大诗人海涅有诗咏此事。此事传播之广，这篇诗也有关系的。友人淦克超先生曾译第一章云：

传闻旧低徊，我心何悒悒。两峰隐夕阳，莱茵流不息。峰际一美人，粲然金发明，清歌时一曲，余音响入云。凝听复凝望，舟子忘所向，怪石耿中流，人与舟俱丧。

这座岩现在是已穿了隧道通火车了。

哥龙在莱茵河西岸，是莱茵区最大的城，在全德国数第三。从甲板上看教堂的钟楼与尖塔这儿那儿都是的。虽然多么繁华一座商业城，却不大有俗尘扑到脸上。英国诗人柯勒列治说：

人知莱茵河，洗净哥龙市；水仙你告我，今有何神力，洗净莱茵水？

那些楼与塔镇压着尘土，不让飞扬起来，与莱茵河的洗刷是异曲同工的。哥龙的大教堂是哥龙的荣耀，单凭这个，哥龙便不死了。这是戈昔式，是世界上最宏大的戈昔式教堂之一。建筑在一二四八年，到一八八零年才全部落成。欧洲教堂往往如此，大约总是钱不够之故。教堂门墙伟丽，尖拱和直棱，特意繁密，又雕了些小花、小动物，和《圣经》人物，零星点缀着，近前细看，其精工真令人惊叹。门墙上两尖塔，高五百十五英尺，直入云霄。戈昔式要的是高而灵巧，让灵魂容易上通于天。这也是月光里看好。淡蓝的天干干净净的，只有两条尖尖的影子映在上面，像是人天仅有的通路，又像是人类祈祷的一双胳膊，森严肃穆，不说一字，抵得千言万语。教堂里非常宽大，顶高一百六十英尺。大石柱一行行的，高的一百四十八英尺，低的也六十英尺，都可合抱。在里面走，就像在大森林里，和世界隔绝。尖塔可以上去，玲珑剔透，有凌云之势。塔下通回廊。廊中向下看教堂里，觉得别人小得可怜，自己高得可怪，真是颠倒梦想。

1933年3月14日作

（原载1933年5月1日《中学生》第35号）

巴　黎

塞纳河穿过巴黎城中，像一道圆弧。河南称为左岸，著名的拉丁区就在这里。河北称为右岸，地方有左岸两个大，巴黎的繁华全在这一带；说巴黎是“花都”，这一溜儿才真是的。右岸不是穷学生苦学生所能常去的，所以有一位中国朋友说他是左岸的人，抱“不过河”主义。区区一衣带水，却分开了两般人。但论到艺术，两岸可是各有胜场。我们不妨说整个儿巴黎是一座艺术城。从前人说“六朝”卖菜佣都有烟水气，巴黎人谁身上大概都长着一两根雅骨吧。你瞧公园里，大街上，有的是喷水，有的是雕像，博物院处处是，展览会常常开。他们几乎像呼吸空气一样呼吸着艺术气，自然而然就雅起来了。

右岸的中心是刚果方场。这方场很宽阔，四通八达，周围都是名胜。中间巍巍地矗立着埃及拉米塞司第二的纪功碑。碑是方锥形，高七十六英尺，上面刻着象形文字。一八三六年移到这里，转眼就是一百年了。左右各有一座铜喷水，大得很。水池边环列着些铜雕像，代表着法国各大城。其中有一座代表司太司堡。自从一八七零年那地方割归德国以后，法国人每年七月十四国庆日总在像上放些花圈和大草叶，终年地搁着让人惊醒。直到一九一八年十一月和约告成，司太司堡重归法国，这才停止。纪功碑与喷水每星期六晚用弧光灯照耀。那碑像从幽暗中颖脱而出，那水像山上崩腾下来的雪。这场子原是法国革命时候断头台的旧址。在“恐怖时代”，路易十六与王后，还有各党各派的人轮班在这儿低头受戮。但现在一点痕迹也没有了。

场东是砖厂花园，也有一个喷水池。白石雕像成行，与一丛丛绿树掩映着。在这里徘徊，可以一直徘徊下去，四围那些纷纷的车马，简直若有若无。花园是所谓法国式，将花草分成一畦畦的，各各排成精巧的花纹，互相对称着。又整洁，又玲珑，教人看着赏心悦目。可是没有野情，也没有蓬勃之气，像北平的叭儿狗。这里春天游人最多，挤挤挨挨的。有时有音乐会，在绿树荫中。乐韵悠扬，随风飘到场中每一个人的耳朵里。再东是加罗塞方场，只隔着一道不宽的马路。路易十四时代，这是一个校场。场中有一座小凯旋门，是拿破仑造来纪胜的，仿罗马某一座门的式样。拿破仑叫将从威尼斯圣马克堂抢来的驷马铜像安在门顶上。但到了一八一四年，那铜像终于回了老家。法国只好换上一个新的，光彩自然差得多。

刚果方场西是大名鼎鼎的仙街，直达凯旋门。有四里半长。凯旋门地势高，从刚果方场望过去像没多远似的，一走可就知道。街的东半截儿，两旁简直是园子，春天绿叶子密密地遮着；西半截儿才真是街。街道非常宽敞。夹道两行树，笔直笔直地向凯旋门奔凑上去。凯旋门巍峨爽朗地盘踞在街尽头，好像在半天上。欧洲名都街道的形势，怕再没有赶上这儿的，称为“仙街”，不算说大话。街上有戏院、舞场、饭店，够游客们玩儿乐的。凯旋门一八零六年开工，也是拿破仑造来纪功的。但他并没有看它的完成。门高一百六十英尺，宽一百六十四英尺，进身七十二英尺，是世界凯旋门中最大的。门上雕刻着一七九二至一八一五年间法国战事片段的景子，都出于名手。其中罗特（Burguudian Rude，十九世纪）的“出师”一景，慷慨激昂，至今还可以作我们的气。这座门更有一个特别的地方：在拿破仑周忌那一天，从仙街向上看，团团的落日恰好扣在门圈儿里。门圈儿底下是一个无名兵士的墓，他埋在这里，代表大战中死难的一百五十万法国兵。墓是平的，地上嵌着文字；中央有个纪念火，焰子粗粗的，红红的，在风里摇晃着。这个火每天由参战军人团团员来点。门顶可以上去，乘电梯或爬石梯都成。石梯是二百七十三级。上面看，周围不下十二条林荫路，都辐辏到门下，宛然一个大车轮子。

刚果方场东北有四道大街衔接着，是巴黎最繁华的地方。大铺子差不多都在这一带，珠宝市也在这儿。各店家陈列窗里五花八门，五光十色，珍奇精巧，兼而有之，管保你走一天两天看不完，也看不倦。步道上人挨挨凑凑，常要躲闪着过去。电灯一亮，更不容易走。街上“咖啡”东一处西一处的，沿街安着座儿，有点儿像北平中山公园里的茶座儿。客人慢慢地喝着咖啡或别的，慢慢地抽烟，看来往的人。“咖啡”本是法国的玩意儿，巴黎差不多每道街都有，怕是比那儿都多。巴黎人喝咖啡几乎成了癖，就像我国南方人爱上茶馆。“咖啡”里往往备有纸笔，许多人都在那儿写信；还有人让“咖啡”收信，简直当做自己的家。文人画家更爱坐“咖啡”。他们爱的是无拘无束，容易会朋友，高谈阔论。爱写信固然可以写信，爱做诗也可以做诗。大诗人魏尔仑（Verlalne）的诗，据说少有不在“咖啡”里写的。坐“咖啡”也有派别。一来“咖啡”是熟的好，二来人是熟的好。久而久之，某派人坐某“咖啡”便成了自然之势。这所谓派，当然指文人艺术家而言。一个人独自去坐“咖啡”，偶尔一回，也许不是没有意思，常去却未免寂寞得慌。这也与我国南方人上茶馆一样。若是外国人而又不懂话，那就更可不必去。巴黎最大的“咖啡”有三个，却都在左岸。这三座“咖啡”名字里都含着“圆圆的”意思，都是文人艺术家荟萃的地方。里面装饰满是新派。其中一家，电灯壁画满是立体派，据说这些画全出于名家之手。另一家据说时常陈列着当代画家的作品，待善价而沽之。坐“咖啡”之外还有站“咖啡”，却有点像我国南方的喝柜台酒。这种“咖啡”大概小些。柜台长长的，客人围着要吃的喝的。吃喝都便宜些，为的是不用多伺候你，你吃喝也比较不舒服些。站“咖啡”的人脸向里，没有甚么看的，大概吃喝完了就走。但也有人用胳膊肘儿斜靠在柜台上，半边身子偏向外，写意地眺望，谈天儿。巴黎人吃早点，多半在“咖啡”里。普通是一杯咖啡，两三个月芽饼就够了，不像英国人吃得那么多。月芽饼是一种面包，月芽形，酥而软，趁热吃最香。法国人本会烘面包，这一种不但好吃，而且好看。

卢森堡花园也在左岸，因卢森堡宫而得名。宫建于十七世纪初年，曾用作监狱，现在是上议院。花园甚大，里面有两座大喷水，背对背紧挨着。其一是梅迭契喷水，雕刻的是亚西司（Acis）与加拉台亚（Galatea）的故事。巨人波力非摩司（Polyphamos）爱加拉台亚，他晓得她喜欢亚西司，便向他头上扔下一块大石头，将他打死。加拉台亚无法使亚西司复活，只将他变成一道河水。这个故事用在一座喷水上，倒有些远意。园中绿树成行，浓荫满地，白石雕像极多，也有铜的。巴黎的雕像真如家常便饭。花园南头，自成一局，是一条荫道。最南头，天文台前面又是一座喷水，中央四个力士高高地扛着四限仪，下边环绕着四对奔马，气象雄伟得很。这是卡波（Carpeaus，十九世纪）所作。卡波与罗特同为写实派，所作以形线柔美著。

沿着塞纳河南的河墙，一带旧书摊儿，六七里长，也是左岸特有的风光。有点像北平东安市场里旧书摊儿。可是背景太好了。河水终日悠悠地流着，两头一眼望不尽，左边卢佛宫，右边圣母堂，古香古色的。书摊儿黯黯的，低低的，窄窄的一溜，一小格儿一小格儿，或连或断，可没有东安市场里的大。摊上放着些破书，旁边小凳子上坐着掌柜的。到时候将摊儿盖上，锁上小铁锁就走。这些情形也活像东安市场。

铁塔在巴黎西头，塞纳河东岸，高约一千英尺，算是世界上最高的塔。工程艰难浩大，建筑师名爱非尔（Eiffel）[①]，也称为爱非尔塔。全塔用铁骨造成，如网状，空处多于实处，轻便灵巧，亭亭直上，颇有戈昔式的余风。塔基占地十七亩，分三层。头层离地一百八十六英尺，二层三百七十七英尺，三层九百二十四英尺，连顶九百八十四英尺。头二层有“咖啡”，酒馆及小摊儿等。电梯步梯都有，电梯分上下两厢，一厢载直上直下的客人，一厢载在头层停留的客人。最上层却非用电梯不可。那梯口常常拥挤不堪。壁上贴着“小心扒手”的标语，收票人等嘴里还不住地唱道：“小心呀！”这一段儿走得可慢极，大约也是“小心”吧。最上层只有卖纪念品的摊儿和一些问心机。这种问心机欧洲各游戏场中常见，是些小铁箱，一箱管一事，放一个钱进去，便可得到回答。回答若干条是印好的，指针所停止的地方就是专答你。也有用电话回答的。譬如你要问流年，便向流年箱内投进钱去。这实在是一种开心的玩意儿。这层还专设一信箱，寄的信上盖铁塔形邮戳，好让亲友们留作纪念。塔上最宜远望，全巴黎都在眼下。但尽是密匝匝的房子，只觉应接

① 今译为“埃菲尔”。

不暇而无苍茫之感。塔上满缀着电灯，晚上便是种种广告，在暗夜里这种明妆倒值得一番领略。隔河是特罗卡代罗（Trocadéro）大厦，有道桥笔直地通着。这所大厦是为一八七八年的博览会造的。中央圆形，圆窗圆顶，两支高高的尖塔分列顶侧，左右翼是新月形的长房。下面许多级台阶，阶下一个大喷水池，也是圆的。大厦前是公园，铁塔下也是的，一片空阔，一片绿。所以大厦远看近看都显出雄巍巍的。大厦的正厅可容五千人。它的大在横里，铁塔的大在直里，一横一直，恰好称得住。

歌剧院在右岸的闹市中。门墙是威尼斯式，已经乌暗暗的，走近前细看，才见出上面精美的雕饰。下层一排七座门，门间都安着些小雕像。其中罗特的《舞群》，最有血有肉，有情有力。罗特是写实派作家，所以如此。但因为太生动了，当时有些人还见不惯。一八六九年这些雕像揭幕的时候，一个宗教狂的人，趁夜里悄悄地向这群像上倒了一瓶墨水。这件事传开了，然而罗特却因此成了一派。院里的楼梯以宏丽著名，全用大理石，又白，又滑，又宽。栏杆是低低儿的，加上罗马式圆拱门，一对对爱翁匿克式石柱，雕像上的电灯烛，真是堆花簇锦一般。那一片电灯光像海，又像月，照着你缓缓走上梯去。幕间休息的时候，大家都离开座儿各处走。这儿休息的时间特别长，法国人乐意趁这闲工夫在剧院里散散步，谈谈话，来一点吃的喝的。休息室里散步的人最多。这是一间顶长顶高的大厅，华丽的灯光淡淡地布满了一屋子。一边是成排的落地长窗，一边是几座高大的门，墙上略略有些装饰，地下铺着毯子。屋里空落落的，客人穿梭般来往。太太小姐们大多穿着各色各样的晚服，露着脖子和膀子。“衣香鬓影”，这里才真够味儿。歌剧院是国家的，只演古典的歌剧，间或也演队舞（Ballet），总是堂皇富丽的玩艺儿。

国葬院在左岸，原是巴黎护城神圣也奈韦夫（St. Geneviéve）的教堂。大革命后，一般思想崇拜神圣不如崇拜伟人了，于是改为这个，后来又改回去两次，一八五五年才算定了。伏尔泰、卢梭、雨果、左拉，都葬在这里。院中很为宽宏，高大的圆拱门，架着些圆顶，都是罗马式。顶上都有装饰的图案和画。中央的穹隆顶高二百七十二英尺，可以上去。院中壁上画着法国与巴黎的历史故事，名笔颇多。沙畹（Puvisde Chavannes，十九世纪）的便不少。其中《圣也奈韦夫俯视着巴黎城）一幅，正是月圆人静的深夜，圣还独对着油盏火。她似乎有些倦了，慢慢踱出来，凭栏远望，全巴黎城在她保护之下安睡了，瞧她那慈祥和蔼一往情深的样子。圣也奈韦夫于五世纪初年，生在离巴黎二十四里的囊台儿村（Nanterre）里。幼时听圣也曼讲道，深为感悟。圣也曼也说她根器好，着实勉励了一番。后来她到巴黎，尽力于救济事业。五世纪中叶，匈奴将来侵巴黎，全城震惊。她力劝人民镇静，依赖神明，颇能教人相信。匈奴到底也没有成。以后巴黎真经兵乱，她于救济事业加倍努力。她活了九十岁。晚年倡议在巴黎给圣彼得与圣保罗修一座教堂。动工的第二年，她就死了。等教堂落成，却发见她已葬在里头。此外还有许多奇异的传说。因此这座教堂只好作为奉祀她的了。这座教堂便是现在的国葬院。院的门墙是希腊式，三角楣下，一排哥林斯式的石柱。院旁有圣爱的昂堂，不大。现在是圣也奈韦夫埋灰之所。祭坛前的石刻花屏极华美，是十六世纪的东西。

左岸还有伤兵养老院。其中兵甲馆，收藏废弃的武器及战利品。有一间满悬着三色旗，屋顶上正悬着，两壁上斜插着，一面挨一面的。屋子很长，一进去但觉千层百层鲜明的彩色，静静地交映着。院有穹隆顶，高三百四十英尺，直径八十六英尺，造于十七世纪中，优美庄严，胜于国葬院的。顶下原是一个教堂，拿破仑墓就在这里。堂外有宽大的台阶儿，有多力克式与哥林斯式石柱。进门最叫你舒服的是那屋里的光。那是从染色玻璃窗射下来的淡淡的金光，软得像一股水。堂中央一个窖，圆的，深二十英尺，直径三十六英尺，花岗石柩居中，十二座雕像环绕着，代表拿破仑重要的战功；像间分六列插着五十四面旗子，是他的战利品。堂正面是祭坛，周围许多龛堂，埋着王公贵人。一律圆拱门，地上嵌花纹，窖中也这样。拿破仑死在圣海仑岛，遗嘱愿望将骨灰安顿在塞纳河旁，他所深爱的法国人民中间。待他死后十九年，一八四零，这愿望才达到了。

塞纳河里有两个小洲，小到不容易觉出。西头的叫城洲，洲上两所教堂是巴黎的名迹。洲东的圣母堂更为煊赫。堂成于十二世纪，中间经过许多变迁，到十九世纪中叶重修，才有现在的样子。这是“装饰的戈昔式”建筑的最好的代表。正面朝西，分三层。下层三座尖拱门。这种门很深，门圈儿是一棱套着一棱的，越望里越小；棱间与门上雕着许多大像小像，都是《圣经》中的人物。中层是窗子，两边的尖拱形，分雕着亚当夏娃像；中央的浑圆形，雕着“圣处女”像。上层是栏干。最上两座钟楼，各高二百二十七英尺，两楼间露出后面尖塔的尖儿，一个伶俐瘦劲的身影。这座塔是勒丢克（Vielletie Duc，十九世纪）所造，比钟楼还高五十八英尺。但从正面看，像一般高似的，这正是建筑师的妙用。朝南还有一个旁门，雕饰也繁密得很。从背后看，左右两排支墙（Buttress）像一对对的翅膀，作飞起的势子。支墙上虽也有些装饰，却不为装饰而有。原来戈昔式的房子高，窗子大，墙的力量支不住那些石头的拱顶，因此非从墙外想法不可。支墙便是这样来的。这是戈昔式的致命伤。许多戈昔式建筑容易记毁，正是为此。堂里满是彩绘的高玻璃窗子，阴森森的，只看见石柱子，尖拱门，肋骨似的屋顶。中间神堂，两边四排廊路，周围三十七间龛堂，像另自成个世界。堂中的讲坛与管风琴都是名手所作。歌队座与牧师座上的动植物木刻，也以精工著。戈昔式教堂里雕绘最繁，其中取材于教堂所在地的花果的尤多。所雕绘的大抵以近真为主。这种一半为装饰，一半也为教导，让那些不识字的人多知道些事物，作用和百科全书差不多。堂中有宝库，收藏历来珍贵的东西，如金龛，金十字架之类，灿烂耀眼。拿破仑于一八零四年在这儿加冕，那时穿的长袍也陈列在这个库里。北钟楼许人上去，可以看见墙角上石刻的妖兽，奇丑怕人，俯视着下方，据说是吐溜水的。雨果写过《巴黎圣母堂》[①] 一部小说，所叙是四百年前的情形，有些还和现在一样。

---

① 今译为"《巴黎圣母院》"。

圣龛堂在洲西头，是全巴黎戈昔式建筑中之最美丽者。罗斯金更说是“北欧洲最珍贵的一所戈昔式”。在一二三八那一年，“圣路易”王听说君士坦丁皇帝包尔温将“棘冠”押给威尼斯商人，无力取赎，“棘冠”已归商人们所有，急得什么似的。他要将这件无价之宝收回，便异想天开地在犹太人身上加了一种“苛捐杂税”。过了一年，“棘冠”果然弄回来，还得了些别的小宝贝，如“真十字架”的片段等。他这一乐非同小可，命令某建筑师造一所教堂供奉这些宝物，要造得好，配得上。一二四五年起手，三年落成。名建筑家勒丢克说：“这所教堂内容如此复杂，花样如此繁多，活儿如此利落，材料如此美丽，真想不出在那样短的时期里如何成功的。”这样两个龛堂，一上一下，都是金碧辉煌的。下堂尖拱重叠，纵横交互；中央拱抵而阔，所以地方并不大而极有开朗之势。堂中原供的“圣处女”像，传说灵迹甚多。上堂却高多了，有彩绘的玻璃窗子十五堵，窗下沿墙有龛，低得可怜相。柱上相间地安着十二使徒像，有两尊很古老，别的都是近世仿作。玻璃绘画似乎与戈昔艺术分不开，十三世纪后者最盛，前者也最盛。画法用许多颜色玻璃拼合而成，相连处以铅焊之，再用铁条夹住。着色有浓淡之别。淡色所以使日光柔和缥缈。但浓色的多，大概用深蓝作地子，加上点儿黄白与宝石红，取其衬托鲜明。这种窗子也兼有装饰与教导的好处，所画或为几何图案，或为人物故事。还有一堵“玫瑰窗”，是象征“圣处女”的，画是圆形，花纹都从中心分出。据说这堵窗是玫瑰窗中最亲切有味的，因为它的温暖的颜色比别的更接近看的人。但这种感想东方人不会有。这龛堂有一座金色的尖塔，是勒丢克造的。

毛得林堂在刚果方场之东北，造于近代。形式仿希腊神庙，四面五十二根哥林斯式石柱，围成一个廊子。壁上左右各有一排大龛子，安着群圣的像。堂里也是一行行同式的石柱，却使用各种颜色的大理石，华丽悦目。圣心院在巴黎市外东北方，也是近代造的，至今还未完成，堂在一座小山的顶上，山脚下有两道飞阶直通上去。也通索子铁路。堂的规模极宏伟，有四个穹隆顶，一个大的，带三个小的，都量卑赞廷式。另外一座方形高钟楼，里面的钟重二万九千斤。堂里能容八千人，但还没有加以装饰。房子是白色，台阶也是的，一种单纯的力量压得住人。堂高而大，巴黎周围若干里外便可看见。站在堂前的平场里，或爬上穹隆顶里，也可看个五六十里。造堂时工程浩大，单是打地基一项，就花掉约四百万元。因为土太松了，撑不住，根基要一直打到山脚下。所以有人半真半假地说，就是移了山，这教堂也不会倒的。

巴黎博物院之多，真可算甲于世界。就这一桩儿，便可教你流连忘返。但须徘徊玩索才有味，走马看花是不成的。一个行色匆匆的游客，在这种地方往往无可奈何。博物院以卢佛宫① (Louvre) 为最大。这是就全世界论，不单就巴黎论。卢佛宫在加罗塞方场之东，主要的建筑是口字形，南头向西伸出一长条儿。这里本是一座堡垒，后来改为王宫。大革命后，各处王宫里的画，宫苑里的雕刻，都保存在此。改为故宫博物院，自然是很顺当的。博物院成立后，历来的政府都尽力搜罗好东西放进去。拿破仑从各国“搬”来大宗的画，更为博物院生色不少。宫房占地极宽，站在那方院子里，颇有海阔天空的意味。院子里养着些鸽子，成群地孤单地仰着头挺着胸在地上一步步地走，一点不怕人。撒些饼干面包之类，它们便都向你身边来。房子造得秀雅而庄严，壁上安着许多王公的雕像。熟悉法国历史的人，到此一定会发思古之幽情的。

卢佛宫好像一座宝山，蕴藏的东西实在太多，教人不知从那儿说起好。画为最，还有雕刻、古物、装饰美术，等等，真是琳琅满目。乍进去的人一时摸不着头脑，往往弄得

---

① 今译为“卢浮宫”。

糊里糊涂。就中最脍炙人口的有三件。一是达文齐的《蒙那丽沙》像，大约作于一五零五年前后，是觉孔达（Joconda）夫人的画像。相传达文齐这幅像画了四个年头，因为要那甜美的微笑的样子，每回"临像"的时候，总请些乐人弹唱给她听，让她高高兴兴坐着。像画好了，他却爱上她了。这幅画是佛兰西司第一手里买的，他没有准儿许认识那女人。一九一一年画曾被人偷走，但两年之后，到底从意大利找回来了。十六世纪中叶，意大利已公认此画为不可有二的画像杰作，作者在与造化争巧。画的奇处就在那一丝儿微笑上。那微笑太飘忽了，太难捉摸了，好像常常在变幻。这果然是个"奇迹"，不过也只是造形的"奇迹"罢了。这儿也有些理想在内，达文齐笔下夹带了一些他心目中的圣母的神气。近世讨论那微笑的可太多了。诗人，哲学家，有的是，他们都想找出点儿意义来。于是蒙那丽沙成为一个神秘的浪漫的人了。她那微笑成为"人狮（Sphinx）的凝视"或"鄙薄的讽笑"了。这大概是她与达文齐都梦想不到的吧。

二是米罗（Milo）[①]《爱神》像。一八二零年米罗岛一个农人发见这座像，卖给法国政府只卖了五千块钱。据近代考古家研究，这座像当作于纪元前一百年左右。那两只胳膊

① 今译为"米洛"。

都没有了。它们是怎么个安法，却大大费了一班考古家的心思。这座像不但有生动的形态，而且有温暖的骨肉。她又强壮，又清明；单纯而伟大，朴真而不奇。所谓清明，是身心都健的表象，与麻木不同。这种作风颇与纪元前五世纪希腊巴昔农（Panthenon）庙①的监造人，雕刻家费铁亚司（Phidias）相近。因此法国学者雷那西（S. Reinach，新近去世）在他的名著《亚波罗》（美术史）中相信这座像作于纪元前四世纪中。他并且相信这座像不是爱神微那司②而是海女神安非特利特（Amphitrite），因为它没有细腻、缥缈、娇羞、多情的样子。

三是沙摩司雷司（Samothrace）的《胜利女神像》。女神站在冲波而进的船头上，吹着一支喇叭。但是现在头和手都没有了，剩下翅膀与身子。这座像是还愿的。纪元前三零六年波立尔塞特司（Demetrius Poliorcetes）在塞勃勒司（Cyprus）岛打败了埃及大将陶来买（Ptolemy）的水师，便在沙摩司雷司岛造了这座像。衣裳雕得最好：那是一件薄薄的软软的衣裳，光影的准确，衣褶的精细流动；加上那下半截儿被风吹得好像弗弗有声，上半截儿却紧紧地贴着身子，

① 今译为“巴特农神庙”。
② 今译为“维纳斯”。

很有趣地对照着。因为衣裳雕得好，才显出那筋肉的力量。那身子在摇晃着，在挺进着，一团胜利的喜悦的劲儿。还有，海风呼呼地吹着，船尖儿嗤嗤地响着，将一片碧波分成两条长长的白道儿。

卢森堡博物院专藏近代艺术家的作品。他们或新故，或还生存。这里比卢佛宫明亮得多。进门去，宽大的甬道两旁，满陈列着雕像等，里面却多是画。雕刻里有彭彭（Pompon）的《狗熊》与《水禽》等，真是大巧若拙。彭彭现在大概有七八十岁了，天天上动物园去静观禽兽的形态。他熟悉它们，也亲爱它们，所以做出来的东西神气活现。可是形体并不像照相一样地真切，他在天然的曲线里加上些小小的棱角，便带着点“建筑”的味儿。于是我们才看见新东西。那《狗熊》和实物差不多大，是石头的；那《水禽》等却小得可以供在案头，是铜的。雕像本有两种手法，一是干脆地砍石头，二是先用泥塑，再浇铜。彭彭从小是石匠，石头到他手里就像豆腐。他是巧匠而兼艺术家。动物雕像盛于十九世纪的法国。那时候动物园发达起来，供给艺术家观察，研究，描摹的机会。动物素描之成为画的一支，也从这时候起。院里的画受后期印象派的影响，找寻人物的“本色”（local colour），大抵是鲜明的调子。不注重画面的“体积”而注重装饰的效用。也有细心分别光影的，但用意还在找寻颜色，与印象派之只重光影不一样。

砖场花园的南犄角上有网球场博物院，陈列外国近代的画与雕像。北犄角上有奥兰纪利博物院，陈列的东西颇杂，有马奈（Manet，九世纪法国印象派画家）的画与日本的浮世绘等。浮世绘的着色与构图给十九世纪后半法国画家极深的影响。摩奈[①]（Monet）画院也在这里。他也是法国印象派巨子，一九二六年才过去。印象派兴于十九世纪中叶，正是照相机流行的时候。这派画家想赶上照相机，便专心致志地分别光影；他们还想赶过照相机，照相没有颜色而他们有。他们只用原色，所画的画近看但见一处处的颜色块儿，在相当的距离看，才看出光影分明的全境界。他们的看法是迅速的综合的，所以不重“本色”（人物固有的颜色，随光影而变化），不重细节。摩奈以风景画著于世，他不但是印象派，并且是露天画派（Pleinairiste）。露天画派反对画室里的画，因为都带着那黑影子；露天里就没有这种影子。这个画院里有摩奈八幅顶大的画，太大了，只好嵌在墙上。画院只有两间屋子，每幅画就是一堵墙，画的是荷花在水里。摩奈欢喜用蓝色，这几幅画也是如此。规模大，气魄厚，汪

---

① 今译为“莫奈”。

汪欲溢的池水，疏疏密密的乱荷，有些像在树荫下，有些像在太阳里。据内行说，这些画的章法，简直前无古人。

罗丹博物院在左岸。大战后罗丹的东西才收集在这里。已完成的不少，也有些未完成的。有群像，单像，胸像；有石膏仿本；还有画稿，塑稿；还有罗丹的遗物。罗丹是十九世纪雕刻大师，或称他为自然派，或称他为浪漫派。他有匠人的手艺，诗人的胸襟，他借雕刻来表现自己的情感。取材是不平常的，手法也是不平常的。常人以为美的，他觉得已无用武之地；他专找常人以为丑的，甚至于借重性交的姿势。又因为求表现的充分，不得不夸饰与变形。所以他的东西乍一看觉得“怪”，不是玩艺儿。从前的雕刻讲究光洁，正是“裁缝不露针线迹”的道理；而浪漫派艺术家恰相反，故意要显出笔触或刀痕，让人看见他们在工作中情感激动的光景。罗丹也常如此。他们又多喜欢用塑法，因为泥随意些，那凸凸凹凹的地方，那大块儿小条儿，都可以看得清楚。

克吕尼馆（Cluny）收藏罗马与中世纪的遗物颇多，也在左岸。罗马时代执政的宫在这儿。后来法兰族诸王也住在这宫里。十五世纪的时候，宫毁了，克吕尼寺僧改建现在这所房子，作他们的下院，是“后期戈昔”与“文艺复兴”的混合式。法国王族来到巴黎，在馆里暂住过的，也很有些人。这所房子后来又归了一个考古家。他搜集了好些古董；死后由政府收买，并添凑成一万件。画、雕刻、木刻、金银器、织物、中世纪上等家具、瓷器、玻璃器，应有尽有。房子还保存着原来的样子。入门就如活在几百年前的世界里，再加上陈列的零碎的东西，触鼻子满是古气。与这个馆毗连着的是罗马时代的浴室，原分冷浴热浴等，现在只看见些残门断柱（也有原在巴黎别处的），寂寞地安排着。浴室外是园子，树间草上也散布着古代及中世纪巴黎建筑的一鳞一爪，其中“圣处女门”最秀雅。

此外巴黎美术院（即小宫），装饰美术院都是杂拌儿。后者中有一间扇室，所藏都是十八世纪的扇面，是某太太的遗赠。十八世纪中国玩艺儿在欧洲颇风行，这也可见一斑。扇面满是西洋画，精工鲜丽；几百张中，只有一张中国人物，却板滞无生气。又有吉买博物院（Guimet），收藏远东宗教及美术的资料。伯希和取去敦煌的佛画，多数在这里。日本小画也有些。还有蜡人馆。据说那些蜡人做得真像，可是没见过那些人或他们的照相的，就感不到多大兴味，所以不如画与雕像。不过“隧道”里阴惨惨的，人物也代表着些阴惨惨的故事，却还可看。楼上有镜宫，满是镜子，顶上与周围用各色电光照耀，宛然千门万户，像到了万花筒里。

一九三二年春季的官“沙龙”在大宫中，顶大的院子里罗列着雕像，楼上下八十几间屋子满是画，也有些装饰美术。内行说，画像太多，真有“官”气。其中有安南阮某一幅，奖银牌，中国人一看就明白那是阮氏祖宗的影像。记得有个笑话，说一个贼混入人家厅堂偷了一幅古画，卷起夹在腋下。跨出大门，恰好碰见主人。那贼情急智生，便将画卷儿一扬，问道：“影像，要买吧？”主人自然大怒，骂了一声走进去。贼于是从容溜之乎也。那位安南阮某与此贼可谓异曲同工。大宫里，同时还有一个装饰艺术的“沙龙”，陈列的是家具、灯、织物、建筑模型，等等，大都是立体派的作风。立体派本是现代艺术的一派，意大利最盛。影响大极了，建筑、家具、布匹、织物、器皿、汽车、公路、广告、书籍装订，都有立体派的份儿。平静、干脆，是古典的精神，也是这时代重理智的表现。在这个“沙龙”里看，现代的屋子内外都俨然是些几何的图案，和从前华丽的藻饰全异。还有一个“沙龙”，专陈列幽默画。画下多有说明。各画或描摹世态，或用大小文野等对照法，以传出那幽默的情味。有一幅题为《长褂子》，画的是夜宴前后客室中的景子：女客全穿短褂子，只有一人穿长的，大家的眼睛都盯着她那长出来的一截儿。她正在和一个男客谈话，似乎不留意。看她的或偏着身子，或偏着头，或操着手，或用手托着腮（表示惊讶），倚在丈夫的肩上，或打着看戏用的放大镜子，都是一副尴尬面孔。穿长袢子的女客在左首，左首共三个人，中央一对夫妇，右首三个女人，疏密向背都恰好，还点缀着些不在这一群里的客人。画也有不幽默的，也有太恶劣的，本来是幽默并不容易。

巴黎的坟场，东头以倍雷拉谢斯（Père Lachaise）为最大，占地七百二十亩，有二里多长。中间名人的坟颇多，可是道路纵横，找起来真费劲儿。阿培拉德与哀绿绮思两坟并列，上有亭子盖着，这是重修过的。王尔德的坟本葬在别处，死后九年，也迁到此场。坟上雕着个大飞人，昂着头，直着脚，长翅膀，像是合埃及的“狮人”与亚述的翅儿牛而为一，雄伟飞动，与王尔德并不很称。这是英国当代大雕刻家爱勃司坦（Epstein）的巨作；钱是一位倾慕王尔德的无名太太捐的。场中有巴什罗米（Bartholomé）雕的一座纪念碑，题为《致死者》。碑分上下两层，上层中间是死门，进去的两个人倒也行无所事的；两侧向门走的人群却牵牵拉拉，哭哭啼啼，跌跌倒倒，不得开交似的。下层像是生者的哀伤。此外北头的蒙马特，南头的蒙巴那斯两坟场也算大。

茶花女埋在蒙马特场，题曰“一八二四年正月十五日生，一八四七年二月三日卒”。小仲马，海涅也在那儿。蒙巴那斯场有圣白孚、莫泊桑、鲍特莱尔等。鲍特莱尔的坟与纪念碑不在一处，碑上坐着一个悲伤的女人的石像。

巴黎的夜也是老牌子。单说六个地方。非洲饭店带澡堂子，可以洗蒸气澡，听黑人浓烈的音乐；店员都穿着埃及式的衣服。三藩咖啡看“爵士舞”，小小的场子上一对对男女跟着那繁声促节直扭腰儿。最警动的是那小圆木筒儿，里面像装着豆子之类。不时地紧摇一阵子。圆屋听唱法国的古歌，一扇门背后的墙上油画着蹲着在小便的女人。红磨坊门前一架小红风车，用电灯做了轮廓线，里面看小戏与女人跳舞。这在蒙巴特区。蒙马特是流浪人的区域。十九世纪画家住在这一带的不少，画红磨坊的常有。塔巴林看女人跳舞，不穿衣服，意在显出好看的身子。里多在仙街，最大。看变戏法，听威尼斯夜曲。里多岛本是威尼斯娱乐的地方。这儿的里多特意砌了一个池子，也有一支“刚朵拉”，夜曲是男女对唱，不过意味到底有点儿两样。

巴黎的野色在波隆尼林与圣克罗园里才可看见。波隆尼林在西北角，恰好在塞因河河套中间，占地一万四千多亩，有公园，大路、小路，有两个湖，一大一小，都是长的；大湖里有两个洲，也是长的。要领略林子的好处，得闲闲地拣深僻的地儿走。圣克罗园还在西南，本有离宫，现在毁了，剩下些喷水和林子。林子里有两条道儿很好。一条渐渐高上去，从树里两眼望不尽；一条窄而长，漏下一线天光。远望路口，不知是云是水，茫茫一大片。但真有野味的还得数枫丹白露的林子。枫丹白露在巴黎东南，一点半钟的火车。这座林子有二十七万亩，周围一百九十里。坐着小马车在里面走，幽静如远古的时代。太阳光将树叶子照得透明，却只一圈儿一点儿地洒到地上。路两旁的树有时候太茂盛了，枝叶交错成一座拱门，低低的，远看去好像拱门那面另有一界。林子里下大雨，那一片沙沙沙沙的声音，像潮水，会把你心上的东西冲洗个干净。林中有好几处山峡，可以试腰脚，看野花野草，看旁逸斜出，稀奇古怪的石头，像枯骨，像刺猬。亚勃雷孟峡就是其一，地方大，石头多，又是忽高忽低，走起来好。

枫丹白露宫建于十六世纪，后经重修。拿破仑一八一四年临去爱而巴岛的时候，在此告别他的诸将。这座宫与法国历史关系甚多。宫房外观不美，里面却精致，家具等也考究。就中侍从武官室与亨利第二厅最好看。前者的地板用嵌花的条子板，小小的一间屋，共用九百条之多。复壁板上也雕绘着繁细的花饰，炉壁上也满是花儿，挂灯也像花正开着。后者是一间长厅，其大少有。地板用了二万六千块，一色，嵌成规规矩矩的几何图案，光可照人。厅中间两行圆拱门。门柱下截镶复壁板，上截镶油画，楣上也画得满满的。天花板极意雕饰，金光耀眼。宫外有园子，池子，但赶不上凡尔赛宫的。

凡尔赛宫在巴黎西南，算是近郊。原是路易十三的猎宫，路易十四觉得这个地方好，便大加修饰。路易十四是所谓“上帝的代表”，凡尔赛宫便是他的庙宇。那时法国贵人多一半住在宫里，伺候王上。他的侍从共一万四千人，五百人伺候他吃饭，一百个贵人伺候他起床，更多的贵人伺候他睡觉。那时法国艺术大盛，一切都成为御用的，集中在凡尔赛和巴黎两处。凡尔赛宫里装饰力求富丽奇巧，用钱无数。如金漆彩画的天花板、木刻、华美的家具、花饰、贝壳与多用错综交会的曲线纹等，用意全在教来客惊奇：这便是所谓“罗科科式”（Rococo）。宫中有镜厅，十七个大窗户，正对着十七面同样大小的镜子；厅长二百四十英尺，宽三十英尺，高四十二英尺。拱顶上和墙上画着路易十四打胜德国、荷兰、西班牙的情形，画着他是诸国的领袖，画着他是艺术与科学的广大教主。近十几年来成为世界祸根的那和约便是一九一九年六月二十八那一天在这座厅里签的字。宫旁一座大园子，也是路易十四手里布置起来的。看不到头的两行树，有万千的气象。有湖，有花园，有喷水。花园一畦一个花样，小松树一律修剪成圆锥形，集法国式花园之大成。喷水大约有四十多处，或铜雕，或石雕，处处都别出心裁，也是集大成。每年五月到九月，每月第一个星期日，和别的节日，都有大水法。从下午四点起，到处银花飞舞，雾气沾人，衬着那齐斩斩的树，软茸茸的草，觉得立着看，走着看，不拘怎么看总成。海龙王喷水池，规模特别大，得等五点半钟大水法停后，让它单独来二十分钟。有时晚上大放花炮，就在这里。各色的电彩照耀着一道道喷水。花炮在喷水之间放上去，也是一道道的，同时放许多，便氤氲起一团雾。这时候电光换彩，红的忽然变蓝的，蓝的忽然变白的，真真是一眨眼。

卢梭园在爱尔莽浓镇（Ermenonville)，巴黎的东北，要坐一点钟火车，走两点钟的路。这是道地乡下，来的人不多。园子空旷得很，有种荒味。大树、怒草、小湖、清风，和中国的郊野差不多，真自然得不可言。湖里有个白杨洲，种着一排白杨树，卢梭坟就在那小洲上。日内瓦的卢梭洲在仿这个，可是上海式的街市旁来那么个洲子，总有些不伦不类。

一九三一年夏天，“殖民地博览会”开在巴黎之东的万散园（Vincennes）里。那时每日人山人海。会中建筑都仿各地的式样，充满了异域的趣味。安南庙七塔参差，峥嵘肃穆，最为出色。这些都是用某种轻便材料造的，去年都拆了。各建筑中陈列着各处的出产，以及民俗。晚上人更多，来看灯光与喷水。每条路一种灯，都是立体派的图样。喷水有四五处，也是新图样。有一处叫“仙人球”喷水，就以仙人球做底样，野拙得好玩儿。这些自然都用电彩。还有一处水桥，河两岸各喷出十来道水，凑在一块儿，恰好是一座弧形的桥，教人想着走上一个水晶的世界去。

1933 年 6 月 30 日作

（原载 1933 年 9 月 1 日《中学生》第 37 号）

三家书店

伦敦卖旧书的铺子，集中在切林克拉斯路（Charing Cross Road）。那是热闹地方，顶容易找。路不宽，也不长，只这么弯弯的一段儿。两旁不短的是书，玻璃窗里齐整整排着的，门口摊儿上乱哄哄摆着的，都有。加上那徘徊在窗前的，围绕着摊儿的，看书的人，到处显得拥拥挤挤，看过去路便更窄了。摊儿上看最痛快，随你翻，用不着“劳驾”“多谢”。可是让风吹日晒的到底没什么好书，要看好的还得进铺子去。进去了有时也可随便看，随便翻，但用得着“劳驾”“多谢”的时候也有。不过爱买不买，决不至于遭白眼。说是旧书，新书可也有的是，只是来者多数为的旧书罢了。最大的一家要算福也尔（Foyle），在路西，新旧大楼隔着一道小街相对着，共占七号门牌，都是四层，旧大楼还带地下室——可并不是地窖子。店里按着书的性质分二十五部，地下室里满是旧文学书。这爿店二十八年前本是一家小铺子，只用了一个店员；现在店员差不多到了二百人，藏书到了二百万种，伦敦的《晨报》称为“世界最大的新旧书店”。两边店门口也摆着书摊儿，可是比别家的大。我的一本《袖珍欧洲指南》，就在这儿从那穿了满染着书尘的工作衣的店员手里，用半价买到的。在摊儿上翻书的时候，往往看不见店员的影子；等到选好了书四面找他，他却从不知那一个角落里钻出来了。但最值得流连的还是那间地下室，那儿有好多排书架子，地上还东一堆西一堆的。乍进去，好像掉在书海里，慢慢地才找出道儿来。屋里不够亮，土又多，离窗户远些的地方，白日也得开灯，可是看得自在。他们是早七点到晚九点，你待个几点钟不在乎，一天去几趟也不在乎。只有一件，不可着急。你得像逛庙会逛小市那样，一半玩儿，一半当真，翻翻看看，看看翻翻。也许好几回碰不见一本合意的书，也许霎时间到手了不止一本。

开铺子少不了生意经，福也尔的却颇高雅。他们在旧大楼的四层上留出一间美术馆，不时地展览一些画。去看不花钱，还送展览目录；目录后面印着几行字，告诉你要买美术书可到馆旁艺术部去。展览的画也并不坏，有卖的，有不卖的。他们又常在馆里举行演讲会，讲的人和主席的人当中，不缺少知名的。听讲也不用花钱，只每季的演讲程序表下，“恭请你注意组织演讲会的福也尔书店”。还有所谓文学午餐会，记得也在馆里。他们请一两个小名人做主角，随便谁，纳了餐费便可加入。英国的午餐很简单，费不会多。假使有闲工夫，去领略领略那名隽的谈吐，倒也值得的，不过去的却并不怎样多。

牛津街是伦敦的东西通衢，繁华无比，街上呢绒店最多；但也有一家大书铺，叫做彭勃思（Bumpus）的便是。这铺子开设于一七九〇年左右，原在别处；一八五〇年在牛津街开了一个分店，十九世纪末便全挪到那边去了。维多利亚时代，店主多马斯彭勃思很通声气，来往的有迭更斯，兰姆，麦考莱，威治威斯等人，铺子就在这时候出了名。店后本连着旧法院，有看守所，守卫室等，十几年来都让店里给买下了。这点古迹增加了人对于书店的趣味。法院的会议圆厅现在专作书籍展览会之用。守卫室陈列插图的书，看守所变成新书的货栈。但当日的光景还可从一些画里看出：如十八世纪罗兰生（Rowlandson）所画守卫室内部，是晚上各守卫提了灯准备去查监的情形，瞧着很忙碌的样子。再有一个图，画的是一七二九的一个守卫，神气够凶的。看守所也有一幅画，砖砌的一重重大拱门，石板铺的地，看守室的厚木板门严严锁着，只留下一个小方窗，还用十字形的铁条界着。真是铜墙铁壁，插翅也飞不出去。

这家铺子是五层大楼，却没有福也尔家地方大。下层卖新书；三楼卖儿童书、外国书；四楼五楼卖廉价书；二楼卖绝版书、难得的本子、精装的新书，还有《圣经》、祈祷书、书影，等等，似乎是菁华所在。他们有初印本、精印本、著者自印本、著者签字本等目录，搜罗甚博，福也尔家所不及。新书用小牛皮或摩洛哥皮（山羊皮——羊皮也可仿制）装订，烫上金色或别种颜色的立体派图案，稀疏的几条平直线或弧线，还有“点儿”，错综着配置，透出干净、利落、平静、显豁，看了心目清朗。装订的书，数这儿讲究，别家书店里少见。书影是仿中世纪的抄本的一叶，大抵是祷文之类。中世纪抄本用黑色花体字，文首第一字母和叶边空处，常用蓝色金色画上各种花饰，典丽矞皇，穷极工巧，而又经久不变。仿本自然说不上这些，只取其也有一点古色古香罢了。

一九三一年里，这铺子举行过两回展览会，一回是剑桥书籍展览，一回是近代插图书籍展览，都在那“会议厅”

里。重要的自然是第一回。牛津剑桥是英国最著名的大学，各有印刷所，也都著名。这里从前展览过牛津书籍，现在再展览剑桥的，可谓无遗憾了。这一年是剑桥目下的辟特印刷所（The Pitt Press）奠基百年纪念，展览会便为的庆祝这个。展览会由鼎鼎大名的斯密兹将军（General Smuts）开幕，到者有科学家詹姆士金斯（James Jeans），亚特爱丁顿（Arthur Eddington），还有别的人。展览分两部，现在出版的书约莫四千册是一类，另一类是历史部分。剑桥的书字型清晰，墨色匀称，行款合式，书扉和书衣上最见工夫；尤其擅长的是算学书，专门的科学书。这两种书需要极精密的技巧，极仔细的校对，剑桥是第一把手。但是这些东西，还有他们印的那些冷僻的外国语书，都卖得少，赚不了钱。除了是大学印刷所，别家大概很少愿意承印。剑桥又承印《圣经》，英国准印《圣经》的只剑桥牛津和王家印刷人。斯密兹说剑桥就靠《圣经》和教科书赚钱。可是《泰晤士报》社论中说现在印《圣经》的责任重大，认真地考究地印，也只能够本罢了。

一五八八年英国最早的《圣经》便是由剑桥承印的。英国印第一本书，出于伦敦威廉甲克司登（William Caxton）之手，那是一四七七年。到了一五二一，约翰席勃齐（John

Siberch）来到剑桥，一年内印了八本书，剑桥印刷事业才创始。八年之后，大学方面因为有一家书纸店与异端的新教派勾结，怕他们利用书籍宣传，便呈请政府，求英王核准，在剑桥只许有三家书铺，让他们宣誓不卖未经大学检查员审定的书。那时英王是亨利第八。一五三四年颁给他们敕书，授权他们选三家书纸店兼印刷人，或书铺，“印行大学校长或他的代理人等所审定的各种书籍”。这便是剑桥印书的法律根据。不过直到一五八三年，他们才真正印起书来。那时伦敦各家书纸店有印书的专利权，任意抬高价钱。他们妒忌剑桥印书，更恨的是卖得贱。恰好一六二〇年剑桥翻印了他们一本文法书，他们就在法庭告了一状。剑桥师生老早不乐意他们抬价钱，这一来更愤愤不平。大学副校长第二年乘英王詹姆士第一上新市场去，半路上就递上一件呈子，附了一个比较价目表。这样小题大做，真有些书呆子气。王和诸大臣商议了一下，批道，我们现在事情很多，没工夫讨论大学与诸家书纸店的权益，但准大学印刷人出售那些文法书，以救济他的支绌。这算是碰了个软钉子，可也算是胜利。那呈子，那批，和上文说的那本《圣经》都在这一回展览中。席勃齐印的八本书也有两种在这里。此外还有一六二九年初印的定本《圣经》，书扉雕刻繁细，手艺精工之极。又密尔顿

《力息达斯》（Lycidas）的初本也在展览着，那是经他亲手校改过的。

近代插图书籍展览，在圣诞节前不久，大约是让做父母的给孩子们多买点节礼吧。但在一个外国人，却也值得看看。展览的是七十年来的作品，虽没有什么系统，在这里却可以找着各种美，各种趋势。插图与装饰画不一样，得吟味原书的文字，透出自己的机锋。心要灵，手要熟，二者不可缺一。或实写，或想象，因原书情境，画人性习而异。——童话的插图却只得凭空着笔，想象更自由些。在不自由的成人看来，也许别有一种滋味。看过赵译《阿丽思漫游奇境记》里谭尼尔（John Tenniel）的插画的，当会有同感吧。——所展览的，幽默、秀美、粗豪、典重，各擅胜场，琳琅满目；有人称为“视觉的音乐”，颇为近之。最有味的，同一作家，各家插画所表现的却大不相同。譬如莪默伽亚谟(Omar Khayyam)、莎士比亚，几乎在一个人手里一个样子。展览会里书多，比较着看方便，可以扩充眼界。插图有“黑白”的，有彩色的；“黑白”的多，为的省事省钱。就黑白画而论，从前是雕版，后来是照相。照相虽然精细，可是失掉了那种生力，只要拿原稿对看就会觉出。这儿也展览原稿，或是灰笔画，或是水彩画；不但可以“对看”，也可以让那些艺术家更和我们接近些。《观察报》记者记这回展览会，说插图的书，字往往印得特别大，意在和谐，却实在不便看。他主张书与图分开，字还照寻常大小印。他自然指大本子而言。但那种“和谐”其实也可爱。若说不便，这种书原是让你慢慢玩赏的，那能像读报一样目下数行呢？再说，将配好了的对儿生生拆开，不但大小不称，怕还要多花钱。

诗籍铺（The Poetry Bookshop）真是米米小，在一个大地方的一道小街上。“叫名”街，实在一条小胡同吧。门前不大见车马，不说；就是行人，一天也只寥寥几个。那道街斜对着无人不知的大英博物院，街口钉着小小的一块字号木牌。初次去时，人家教在博物院左近找。问院门口守卫，他不知道有这个铺子，问路上戴着常礼帽的老者，他想没有这么一个铺子。好容易才找着那块小木牌，真是“远在天边，近在眼前”。这铺子从前在另一处，那才冷僻，连裴歹克的地图上都没名字，据说那儿是一所老宅子，才真够诗味，挪到现在这样平常的地带，未免太可惜。那时候美国游客常去，一个原因许是美国看不见那样老宅子。

诗人赫洛德孟罗（Harold Monro）在一九一二年创办了这爿诗籍铺。用意在让诗与社会发生点切实的关系。孟罗是二十多年来伦敦文学生涯里一个要紧角色。从一九一一年给诗社办《诗刊》(Poetry Review) 起知名。在第一期里，他说："诗与人生的关系得再认真讨论，用于别种艺术的标准也该用于诗。"他觉得能做诗的该做诗，有困难时该帮助他，让他能做下去。一般人也该念诗，受用诗。为了前一件，他要自办杂志；为了后一件，他要办读诗会；为了这两件，他办了诗籍铺。这铺子印行过《乔治诗选》(Georgian Poetry)，乔治是现在英王的名字，意思就是当代诗选，所收的都是代表作家。第一册出版，一时风靡，买诗念诗的都多了起来，社会确乎大受影响。诗选共五册，出第五册时在一九二二年，那时乔治诗人的诗兴却渐渐衰了。一九一九到二五年铺子里又印行《市本》月刊 (The Chapbook) 登载诗歌，评论，木刻等，颇多新进作家。

读诗会也在铺子里。星期四晚上准六点钟起，在一间小楼上。一年中也有些时候定好了没有。从创始以来，差不多没有间断过。前前后后著名的诗人几乎都在这儿读过诗：他们自己的诗，或他们喜欢的诗。入场券六便士，在英国算贱，合四五毛钱。在伦敦的时候，也去过两回。那时孟罗病了，不大能问事，铺子里颇为黯淡。两回都是他夫人爱立达克莱曼答斯基 (Alida Klementaski) 读，说是找不着别人。那间小楼也容得下四五十位子，两回去，人都不少。第二回满了座，而且几乎都是女人——还有挨着墙站着听的。屋内只读诗的人小桌上一盏蓝罩子的桌灯亮着，幽幽的。她读济兹和别人的诗，读得很好，口齿既清楚，又有顿挫，内行说，能表出原诗的情味。英国诗有两种读法，将每个重音咬得清清楚楚，顿挫的地方用力，和说话的调子不相像，约翰德林瓦特（John Drinkwater）便主张这一种。他说，读诗若用说话的调子，太随便，诗会跑了。但是参用一点儿，像克莱曼答斯基女士那样，也似乎自然流利，别有味道。这怕要看什么样的诗，什么样的读诗人，不可一概而论。但英国读诗，除不吟而诵，与中国根本不同之处，还有一件：他们按着文气停顿，不按着行，也不一定按着韵脚。这因为他们的诗以轻重为节奏，文句组织又不同，往往一句跨两行三行，却非作一句读不可，韵脚便只得轻轻地滑过去。读诗是一种才能，但也需要训练。他们注重这个，训练的机会多，所以是诗人都能来一手。

铺子在楼下，只一间，可是和读诗那座楼远隔着一条甬道。屋子有点黑，四壁是书架，中间桌上放着些诗歌篇子(Sheets)，木刻画。篇子有宽长两种，印着诗歌，加上些零星的彩画，是给大人和孩子玩儿的。犄角儿上一张帐桌子，坐着一个戴近视眼镜的，和蔼可亲的，圆脸的中年妇人。桌前装着火炉，炉旁蹲着一只大白狮子猫，和女人一样胖。有时也遇见克莱曼答斯基女士，匆匆地来匆匆地去。孟罗死在一九三二年三月十五日。第二天晚上到铺子里去，看见两个年轻人在和那女人司帐说话。说到诗，说到人生，都是哀悼孟罗的。话音很悲伤，却如清泉流泻，差不多句句像诗。女司帐说不出什么，唯唯而已。孟罗在日最尽力于诗人文人的结合，他老让各色的才人聚在一块儿。又好客，家里炉旁（英国终年有用火炉的时候）常有许多人聚谈，到深夜才去。这两位青年的伤感不是偶然的。他的铺子可是赚不了钱，死后由他夫人接手，勉强张罗，现在许还开着。

1934 年 10 月 27 日作

（原载 1935 年 1 月 1 日《中学生》第 51 号）

文人宅

杜甫《最能行》云："若道士无英俊才，何得山有屈原宅?"《水经注》，秭归"县北一百六十里有屈原故宅，累石为屋基。"看来只是一堆烂石头，杜甫不过说得嘴响罢了。但代远年湮，渺茫也是当然。往近里说，《孽海花》上的"李纯客"就是李慈铭，书里记着他自撰的楹联，上句云"保安寺街藏书一万卷"，但现在走过北平保安寺街的人，谁知道那一所屋子是他住过的？更不用提屋子里怎么个情形，他住着时怎么个情形了。要凭吊，要留连，只好在街上站一会儿出出神而已。

西方人崇拜英雄可真当回事儿，名人故宅往往保存得好。譬如莎士比亚吧，老宅子，新宅子，太太老太太宅子，都好好的，连家具什物都存着。莎士比亚也许特别些，就是别人，若有故宅可认的话，至少也在墙上用木牌标明，让访古者有低徊之处，无论宅里住着人或已经改了铺子。这回在伦敦所见的四文人宅，时代近，宅内情形比莎士比亚的还好。四所宅子大概都由私人捐款收买，布置起来，再交给公家的。约翰生博士（Samuel Johnsom，1709—1784）宅，在旧城，是三层楼房，在一个小方场的一角上，静静的。他一七四八年进宅，直住了十一年，他太太死在这里。他的助手就在三层楼上小屋里编成了他那部大字典。那部寓言小说(alledgorical novel)《刺塞拉斯》(《Rasselas》）大概也在这屋子里写成。是晚上写的，只写了一礼拜，为的要付母亲下葬的费用。屋里各处，如门堂、复壁板、楼梯、碗橱、厨房等，无不古气盎然。那著名的大字典陈列在楼下客室里，是第三版，厚厚的两大册。他编著这部字典，意在保全英语的纯粹，并确定字义，因为当时作家采用法国字的实在太多了。字典中所定字义有些很幽默：如“女诗人，母诗人也”（she—poet，盖准 she—goat——母山羊——字例），又如“燕麦，谷之一种，英格兰以饲马，而苏格兰则以为民食也”，都够损的。——伦敦约翰生社便用这宅子作会所。

济兹（John Keats，1795—1821）宅，在市北汉姆司台德区（Hampstead）。他生卒虽然都不在这屋子里，可是在这儿住，在这儿恋爱，在这儿受人攻击，在这儿写下不朽的诗歌。那时汉姆司台德区还是乡下，以风景著名，不像现时人烟稠密。济兹和他的朋友布朗（Charles Armitage Brown）同住。屋后是个大花园，绿草繁花，静如隔世；中间一棵老梅树，一九二一年干死了，干子还在。据布朗的追记，济兹《夜莺歌》似乎就在这棵树下写成。布朗说："一八一九年春天，有只夜莺做窠在这屋子近处。济兹常静听它歌唱以自怡悦。一天早晨吃完早饭，他端起一张椅子坐到草地上梅树下，直坐了两三点钟。进屋子的时候，见他拿着几张纸片儿，塞向书后面去。问他，才知道是歌咏我们的夜莺之作。"这里说的梅树，也许就是花园里那一棵。但是屋前还有草地，地上也是一棵三百岁老桑树，枝叶扶疏，至今结桑椹，有人想《夜莺歌》也许在这棵树下写的。济兹的好诗在这宅子里写的最多。

他们隔壁住过一家姓布龙（Brawne）的。有位小姐叫凡耐（Fanny），让济兹爱上了，他俩订了婚，他的朋友颇有人不以为然，为的女的配不上；可是女家也大不乐意，为的济兹身体弱，又像疯疯癫癫的。济兹自己写小姐道："她个儿和我差不多——长长的脸蛋儿——多愁善感——头梳得好——鼻子不坏，就是有点小毛病——嘴有坏处有好处——脸侧面看好，正面看，又瘦又少血色，像没有骨头。身架苗条，姿态如之——胳膊好，手差点儿——脚还可以——她不止十七岁，可是天真烂漫——举动奇奇怪怪的，到处跳跳蹦蹦，给人编诨名，近来愣叫我‘自美自的女孩子’——我想这并非生性坏，不过爱闹一点漂亮劲儿罢了。”

一八二〇年二月，济兹从外面回来，吐了一口血。他母亲和三弟都死在痨病上，他也是个痨病底子。从此便一天坏似一天。这一年九月，他的朋友赛焚（Joseph Severn）伴他上罗马去养病，次年二月就死在那里，葬新教坟场，才二十六岁。现在这屋子里陈列着一圈头发，大约是赛焚在他死后从他头上剪下来的。又次年，赛焚向人谈起，说他保存着可怜的济兹一点头发，等个朋友捎回英国去。他说他有个怪想头，想照他的希腊琴的样子作根别针，就用济兹头发当弦子，送给可怜的布龙小姐，只恨找不到这样的手艺人。济兹头发的颜色在各人眼里不大一样：有的说赤褐色，有的说棕色，有的说暖棕色，他二弟两口子说是金红色，赛焚追画他的像，却又画作深厚的棕黄色。布龙小姐的头发，这儿也有一并存着。

他俩订婚戒指也在这儿，镶着一块红宝石。还有一册仿四折本《莎士比亚》，是济兹常用的。他对于莎士比亚，下过一番苦工夫。书中页边行里都画着道儿，也有些精湛的评语。空白处亲笔写着他见密尔顿发和独坐重读《黎琊王》剧作两首诗，书名页上记着“给布龙凡耐，一八二〇”。照年份看，准是上意大利去时送了作纪念的。珂罗版印的《夜莺歌》墨迹，有一份在这儿，另有哈代《汉姆司台德宅作》一诗手稿，是哈代夫人捐赠的，宅中出售影印本。济兹书法以秀丽胜，哈代的以苍老胜。

这屋子保存下来却并不易。一九二一年，业主想出售，由人翻盖招租，地段好，脱手一定快的。本区市长知道了，赶紧组织委员会募款一万镑。款还募得不多，投机的建筑公司已经争先向业主讲价钱。在这千钧一发的当儿，亏得市长和本区四委员迅速行动，用私人名义担保付款，才得挽回危局。后来共收到捐款四千六百五十镑（约合七八万元），多一半是美国人捐的。那时正当大战之后，为这件事在英国募款是不容易的。

加莱尔（Thomas Carlyle，1795—1881）宅，在泰晤士河旁乞而西区（Chelsea）。这一区至今是文人艺士荟萃之处。加莱尔是维多利亚时代初期的散文家，当时号为“乞而西圣人”。一八三四年住到这宅子里，一直到死。书房在三层楼上，他最后一本书《弗来德力大帝传》就在这儿写的。这间房前面临街，后面是小园子。他让前后都砌上夹墙，为的怕那街上的嚣声，园中的鸡叫。他著书时坐的椅子还在，还有一件呢浴衣。据说他最爱穿浴衣，有不少件。苏格兰国家画院所藏他的画像，便穿着灰呢浴衣，坐在沙发上读书，自有一番宽舒的气象。画中读书用的架子还可看见。宅里存着他几封信，女司事愿意念给访问的人听，朗朗有味。二楼加莱尔夫人屋里放着架小屏，上面横的竖的斜的正的贴满了世界各处风景和人物的画片。

迭更斯（Charles Dickens，1812—1870）宅，在“西头”，现在是热闹地方。迭更斯出身贫贱，熟悉下流社会情形。他小说里写这种情形，最是酣畅淋漓之至。这使他成为“本世纪最通俗的小说家，又，英国大幽默家之一”，如他的老友浮斯大（John Forster）给他作的传开端所说。他一八三六年动手写《比克维克秘记》（《Pickwick Papers》），在月刊上发表。起初是绅士比克维克等行猎故事，不甚为世所重。后来仆人山姆（Sam Weller）出现，诙谐嘲讽，百变不穷，那月刊顿时风行起来。迭更斯手头渐宽，这才迁入这宅子里，时在一八三七年。

他在这里写完了《比克维克秘记》，就是这一年印成单行本。他算是一举成名，从此直到他死时，三十四年间，总是蒸蒸日上。来这屋子不多日子，他借了一个饭店举行《秘记》发表周年纪念，又举行他夫妇结婚周年纪念。住了约莫两年，又写成《块肉余生述》《滑稽外史》等。这其间生了两个女儿，房子挤不下了。一八三九年终，他便搬到别处去了。

屋子里最热闹的是画，画着他小说中的人物，墙上大大小小，突梯滑稽，满是的。所以一屋子春气。他的人物虽只是类型，不免奇幻荒唐之处，可是有真味，有人味，因此这么让人欢喜赞叹。屋子下层一间厨房，所谓"丁来谷厨房"，道地老式英国厨房，是特地布置起来的——"丁来谷"是比克维克一行下乡时寄住的地方。厨房架子上摆着带釉陶器，也都画着迭更斯的人物。这宅里还存着他的手杖，头发；一朵玫瑰花，是从他尸身上取下来的；一块小窗户，是他十一岁时住的楼顶小屋里的；一张书桌，他带到美洲去过，临死时给了二女儿，现时罩着紫色天鹅绒，蛮伶俐的。此外有他从这屋子寄出的两封信，算回了老家。

这四所宅子里的东西，多半是人家捐赠，有些是特地买了送来的，也有借得来陈列的。管事的人总是在留意搜寻着，颇为苦心热肠，经常用费大部靠基金和门票、指南等余利。但门票卖的并不多，指南照顾的更少，大约维持也不大容易。格雷（Thomas Gray，1716—1771）以《挽歌辞》(《Elegy Writtenina Country Churchyard》）著名。

原题中所云“作于乡村教堂墓地中”，指司妥克波忌士(Stoke Poges）的教堂而言。诗作于一七四二年格雷二十五岁时，成于一七五〇年，当时诗人怀古之情，死生之感，亲近自然之意，诗中都委婉达出，而句律精妙，音节谐美，批评家以为最足代表英国诗，称为诗中之诗。诗出后，风靡一时，诵读模拟，遍于欧洲各国，历来引用极多，至今已成为英美文学教育的一部分。司妥克波忌士在伦敦西南，从那著名的温泽堡（Windsor Castle）去是很近的。四月一个下午，微雨之后，我们到了那里。一路幽静，似乎鸟声也不大听见。拐了一个小弯儿，眼前一片平铺的碧草，点缀着稀疏的墓碑，教堂木然孤立，像戏台上布景似的。小路旁一所小屋子，门口有小木牌写着格雷陈列室之类。出来一位白发老人，殷勤地引我们去看格雷墓，长方形，特别大，是和他母亲、姨母合葬的，紧挨着教堂墙下。又看水松树（yew—tree)，老人说格雷在那树下写《挽歌辞》来着。《挽歌辞》里提到水松树，倒是确实的。我们又兜了个大圈子，才回到小屋里，看《挽歌辞》真迹的影印本。还有几件和格雷关系很疏的旧东西。屋后有井，老人自己汲水灌园，让我们想起“灌园叟”来，临别他送我们每人一张教堂影片。

1935 年 3 月 21 日—23 日作

（原载 1935 年 5 月 1 日《中学生》第 55 号）

博物院

伦敦的博物院带画院，只捡大的说，足足有十个之多。在巴黎和柏林，并不“觉得”博物院有这么多似的。柏林的本来少些；巴黎的不但不少，还要多些，但除卢佛宫外，都不大。最要紧的，伦敦各院陈列得有条有理的，又疏朗，房屋又亮，得看；不像卢佛宫，东西那么挤，屋子那么黑，老教人喘不出气。可是，伦敦虽然得看，说起来也还是千头万绪，真只好检大的说罢了。

先看西南角。维多利亚亚伯特院最为堂皇富丽。这是个美术博物院，所收藏的都是美术史材料，而装饰用的工艺品尤多，东方的西方的都有。漆器、瓷器、家具、织物、服装、书籍装订，道地五光十色。这里颇有中国东西，漆器瓷器玉器不用说，壁画佛像，罗汉木像，还有乾隆宝座也都见于该院的“东方百珍图录”里。图录里还有明朝李麟（原作Li Ling，疑系此人）画的《波罗球戏图》。波罗球骑着马打，是唐朝从西域传来的。中国现在似乎没存着这种画。院中卖石膏像，有些真大。

自然史院是从不列颠博物院分出来的。这里才真古色古香，也才真“巨大”。看了各种史前人的模型，只觉得远烟似的时代，无从凭吊，无从怀想——满够不上分儿。中生代大爬虫的骨架，昂然站在屋顶下，人还够不上它们一条腿那么长，不用提“项背”了。现代鲸鱼的标本虽然也够大的，但没腿，在陆居的我们眼中就差多了。这里有夜莺，自然是死的，那样子似乎也并不特别秀气，嗓子可真脆真圆，我在话匣片里听来着。

欧战院成立不过十来年。大战各方面，可以从这里略见一斑。这里有模型，有透视画（dioramas），有照相，有电影机，有枪炮，等等，但最多的还是画。大战当年，英国情报部雇用一群少年画家，教他们搁下自己的工作，大规模的画战事画，以供宣传，并作为历史纪录。后来少年画家不够用，连老画家也用上了。那时情报部常常给这些画家开展览会，个人的或合伙的。欧战院的画便是那些展览作品的一部分。少年画家大约都是些立体派，和老画家的浪漫作风迥乎不同。这些画家都透视了战争，但他们所成就的却只是历史纪录，艺术是没有什么的。

现在该到西头来，看人所熟知的不列颠博物院了。考古学的收藏，名人文件，抄本和印本书籍，都数一数二。顾恺之《女史箴》卷子和敦煌卷子便在此院中。瓷器也不少，中国的，土耳其的，欧洲各国的都有；中国的不用说，土耳其的青花，浑厚朴拙，比欧洲金的蓝的或刻镂的好。考古学方面，埃及王拉米塞斯第二（约公元前 1250）巨大的花岗石像，几乎有自然史院大爬虫那么高，足为我们扬眉吐气。也有坐像，坐立像都僵直而四方，大有虽地动山摇不倒之势。这些像的石质尺寸和形状，表示统治者永久的超人的权力。还有贝叶的《死者的书》，用象形字和俗字两体写成。罗塞他石，用埃及两体字和希腊文刻着诏书一通（公元前 195），一七九八年出土。从这块石头上，学者比对希腊文，才读通了埃及文字。

希腊巴昔农庙（Parthenon）各件雕刻，是该院最足以自豪的。这个庙在雅典，奉祀女神雅典巴昔奴。配利克里斯（Pericles）时代，教成千带万的艺术家，用最美的大理石，重建起来，总其事的是配氏的好友兼顾问，著名雕刻家费迪亚斯（Phidias）。那时物阜民丰，费了二十年工夫，到了公元前四三五年，才造成。庙是长方形，有门无窗，或单行或双行的石柱围绕着，像女神的马队一般。短的两头，柱上承着三角形的楣，这上面都雕着像。庙墙外上部，是著名的刻壁。庙在一六八七年让威尼斯人炸毁了一部分。一八〇一年，爱而近伯爵从雅典人手里将三角楣上的像、刻壁，和些别的买回英国，费了七万镑，约合百多万元。后来转卖给这博物院，却只要一半价钱。院中特设了一间爱而近室陈列那些艺术品，并参考巴黎国家图书馆所藏的巴昔农庙诸图，做成庙的模型，巍巍然立在石山上。

希腊雕像与埃及大不相同，绝无僵直和紧张的样子。那些艺术家比较自由，得以研究人体的比例。骨架、肌理、皮肉，他们都懂得清楚，而且有本事表现出来。又能抓住要点，使全体和谐不乱。无论坐像立像，都自然、庄严，造成希腊艺术的特色：清明而有力。当时运动竞技极发达，艺术家雕神像，常以得奖的人为“模特儿”，赤裸裸的身体里充满了活动与力量。可是究竟是神像，所以不能是如实的人像而只是理想的人像。这时代所缺少的是热情，幻想，那要等后世艺人去发展了。庙的东楣上运命女神三姊妹像，头已经失去了，可是那衣褶如水的轻妙，衣褶下身体的充盈，也从繁复的光影中显现，几乎不相信是石人。那刻壁浮雕着女神节贵家少女献衣的行列。少女们穿着长袍，庄严的衣褶，和运命女神的又不一样，手里各自拿着些东西，后面跟着成队的老人，妇女，雄赳赳的骑士，还有带祭品的人，齐向诸神而进。诸神清明彻骨，在等待着这一行人众。这刻壁上那么多人，却不繁杂，不零散，打成一片，布局时必然煞费苦心。而细看诸少女诸骑士，也各有精神，绝不一律。其间刀锋或深或浅，光影大异。少壮的骑士更像生龙活虎，千载如见。

院中所藏名人的文件太多了。像莎士比亚押房契，密尔顿出卖《失乐园》合同（这合同是书记代签，不出密氏亲笔），巴格来夫（Palgrave）《金库集》稿，格雷《挽歌》稿，哈代《苔丝》稿，达文齐，密凯安杰罗的手册，还有维多利亚后四岁时铅笔签字，都亲切有味。至于荷马史诗的贝叶，公元一世纪所写，在埃及发见的，以及九世纪时希伯来文《旧约圣经》残页，据说也许是世界上最古《圣经》钞本的，却真令人悠然遐想。还有，二世纪时，罗马舰队一官员，向兵丁买了一个七岁的东方小儿为奴，立了一张贝叶契，上端盖着泥印七颗，和英国大宪章的原本，很可比着看。院里藏的中古钞本也不少。那时欧洲僧侣非常闲，日以抄书为事，字用峨特体，多棱角，精工是不用说的。他们最考究字头和插画，必然细心勾勒着上鲜丽的颜色，蓝和金用得多些，颜色也选得精，至今不变。某抄本有岁历图，二幅，画十二月风俗，细致风华，极为少见。每幅下另有一栏，画种种游戏，人物短小，却也滑稽可喜。画目如下：正月，析薪；二月，炬舞；三月，种花，伐木；四月，情人园会；五月，荡舟；六月，比武；七月，行猎，刈麦；八月，获稻；九月，酿酒；十月，耕种；十一月，猎归；十二月，屠豕。钞本和印本书籍之多，世界上只有巴黎国家图书馆可与这博物院相比，此处印本共三百二十万余册。有穹窿顶的大阅览室，圆形，室中桌子的安排，好像车轮的辐，可坐四百八十五人，管理员高踞在毂中。

次看画院。国家画院在西中区闹市口，匹对着特拉伐加方场一百八十四英尺高的纳尔逊石柱子。院中的画不算很多，可是足以代表欧洲画史上的各派，他们自诩，在这一方面，世界上那儿也及不上这里。最完全的是意大利十五六世纪的作品，特别是佛罗伦司派，大约除了意大利本国，便得上这儿来了。画按派别排列，可也按着时代。但是要看英国美术，此地不成，得上南边儿泰特（Tate）画院去。那画院在泰晤士河边上。一九二八年水上了岸，给浸坏了特耐尔(Joseph MalDord William Turner，1775—1851）好多画，最可惜。特耐尔是十九世纪英国最大的风景画家，也是印象派的先锋。他是个穷苦的孩子，小时候住在菜市旁的陋巷里，常只在泰晤士河的码头和驳船上玩儿。他对于泰晤士河太熟了，所以后来爱画船，画水，画太阳光。再后来他费了二十多年工夫专研究光影和色彩，轮廓与内容差不多全不管。这便做了印象派的前驱了。他画过一幅《日出：湾头堡子》，那堡子淡得只见影儿，左手一行树，也只有树的意思罢了。可是，瞧，那金黄的朝阳的光，顺着树水似的流过去，你只觉着温暖，只觉着柔和，在你的身上，那光却又像一片海，满处都是的，可是闪闪烁烁，仪态万千，教你无从捉摸，有点儿着急。

特耐尔以前，坚士波罗（Gainsborough，1727—1788）是第一个人脱离荷兰影响，用英国景物作风景画的题材，又以画像著名。何嘉士（Hogarth，1697—1764）画了一套《结婚式》，又生动又亲切，当时刻板流传，风行各处，现存在这画院中。美国大画家惠斯勒（Whistler）称他为英国仅有的大画家。雷诺尔兹（Reynolds，1723—1792）的画像，与坚士波罗并称。画像以性格与身份为主，第一当然要像。可是从看画者一面说，像主若是历史上的或当代的名人，他们的性格与身份，多少总知道些，看起来自然有味，也略能批评得失。若只是平凡的人，凭你怎样像，陈列到画院里，怕就少有去理会的。因此，画家为维持他们永久的生命计，有时候重视技巧，而将“像”放在第二着。雷诺尔兹与坚士波罗似乎就是这样的人。他们画的像，色调鲜明而缥缈。庄严的男相，华贵的女相，优美活泼的孩子相，都算登峰造极，可就是不大“像”。坚氏的女像总太瘦；雷氏的不至于那么瘦，但是像主往往退回他的画，说太不像。——国家画院旁有个国家画像院，专陈列英国历史上名人的像，文学家、艺术家、科学家、政治家、皇族，应有尽有，约共二千一百五十人。油画是大宗，排列依着时代。这儿也看见雷坚二氏的作品。但就全体而论，历史比艺术多的多。

泰特画院中还藏着诗人勃来克（William Blake，1757—1827）和罗塞蒂（Dante Gabriel Rossetti，1828—1882）的画。前一位是浪漫诗人的先驱，号称神秘派，自幼儿想象多，都表现在诗与画里。他的图案非常宏伟，色彩也如火焰，如一飞冲天的翅膀。所画的人体并不切实，只用作表现姿态，表现动的符号而已。后一位是先拉斐尔派的主角。这一派是诗与画双管齐下的。他们不相信“为艺术的艺术”，而以知识为重。画要叙事，要教训，要接触民众的心，让他们相信美的新观念，画笔要细腻，颜色却不必调和。罗氏作品有着清明的调子，强厚的感情。只是理想虽高，气韵却不够生动似的。当代英国名雕塑家爱勃斯坦（Jacob Epstein）也有几件东西陈列在这里。他是新派的浪漫雕塑家。这派人要在形体的部分中去找新的情感力量，那必是不寻常的部分，足以扩展他们自己情感或感觉的经验的。他们以为这是美，夸张地表现出来。可是俗人却觉得人不像人，物不像物，觉得丑，只认为滑稽画一类。爱氏雕石头，但是塑泥似乎更多：塑泥的表面，决不刮光，就让那么凸凸凹凹的堆着，要的是这股劲儿。塑完了再倒铜。他也卖素描，形体色调也是那股浪漫劲儿。

以上只有不列颠博物院的历史可以追塑到十八世纪，别的都是十九世纪建立的，但欧战院除外。这些院的建立，固然靠国家的力量，却也靠私人的捐助——捐钱盖房子或捐自己的收藏的都有。各院或全不要门票，像不列颠博物院就是的，或一礼拜中两天要门票，票价也极低。他们印的图片及专册，廉价出售，数量惊人。又差不多都有定期的讲演，一面讲一面领着看。虽然讲的未必怎样精，听讲的也未必怎样多。这种种全为了教育民众，用意是值得我们佩服的。

1936年10月19日作

（原载1936年12月《中学生》第70号）

公　园

英国是个尊重自由的国家，从伦敦海德公园（Hyde Park）可以看出。学政治的人一定知道这个名字；近年日报的海外电讯里也偶然有这个公园出现。每逢星期日下午，各党各派的人都到这儿来宣传他们的道理。公说公有理，婆说婆有理，井水不犯河水。从耶稣教到共产党，差不多样样有。每一处说话的总是一个人。他站在桌子上，椅子上，或是别的什么上，反正在听众当中露出那张嘴脸就成。这些桌椅等等可得他们自己预备，公园里的长椅子是只让人歇着的，听的人或多或少。有一回一个讲耶稣教的，没一个人听，却还打起精神在讲。他盼望来来去去的游人里也许有一两个三四个五六个……爱听他的，只要有人驻一下脚，他的口舌就算不白费了。

见过一回共产党示威，演说的东也是，西也是。有的站在大车上，颇有点巍巍然。按说那种马拉的大车平常不让进园，这回大约办了个特许。其中有个女的约莫四十上下，嗓子最大，说的也最长。说的是伦敦土话，凡是开口音，总将嘴张到不能再大的地步，一面用胳膊助势。说到后来，嗓子沙了，还是一字不苟的喊下去。天快黑了，他们整队出园喊着口号，标语旗帜也是五光十色的。队伍两旁，又高又大的马巡缓缓跟着，不说话。出的是北门，外面便是热闹的牛津街。

北门这里一片空旷的沙地，最宜于露天演说家，来的最多。也许就在共产党队伍走后吧，这里有人说到中日的事，那时刚过“一·二八”不久，他颇为我们抱不平。他又赞美甘地，却与贾波林相提并论，说贾波林也是为平民打抱不平的。这一比将听众引得笑起来了，不止一个人和他辩论，一位老太太甚至嘀咕着掉头而去。这个演说的即使不是共产党，大约也不是“高等”英人吧。公园里也闹过一回大事：一八六六年国会改革的暴动（劳工争选举权），周围铁栏干毁了半里多路长，警察受伤了二百五十名。

公园周围满是铁栏干，车门九个，游人出入的门无数，占地二千二百多亩，绕园九里，是伦敦公园中最大的，来的人也最多。园南北都是闹市，园中心却静静的。灌木丛里各色各样野鸟，清脆的繁碎的语声，夏天绿草地上，洁白的绵羊的身影，教人像下了乡，忘记在世界大城里。那草地一片迷蒙的绿，一片芊绵的绿，像水，像烟，像梦；难得的，冬天也这样。西南角上蜿蜒着一条蛇水，算来也占地三百亩，养着好些水鸟，如苍鹭之类，可以摇船、游泳，并有救生会，让下水的人放心大胆。这条水便是雪莱的情人西河女士（Harridet Westbrook）自沉的地方，那是一百二十年前的事了。

南门内有拜伦立像，是五十年前希腊政府捐款造的；又有座古英雄阿契来斯像，是惠灵顿公爵本乡人造了来纪念他的，用的是十二尊法国炮的铜，到如今却有一百多年了。还有英国现负盛名的雕塑家爱勃司坦（Epstein）的壁雕，是纪念自然学家赫德生的。一个似乎要飞的人，张着臂，仰着头，散着发，有原始的扑拙犷悍之气，表现的是自然精神的化身；左右四只鸟在飞，大小旁正都不相同，也有股野劲儿。这件雕刻的价值，引起过许多讨论。南门内到蛇水边一带游人最盛。夏季每天上午有铜乐队演奏，在栏外听算白饶，进栏得花点票钱，但有椅子坐。游人自然步行的多，也有跑车的，骑马的。骑马的另有一条“马”路。

这园子本来是鹿苑，在里面行猎。一六三五年英王查理斯第一才将它开放，作赛马和竞走之用。后来变成决斗场。一八五一年第一次万国博览会开在这里，用玻璃和铁搭盖的会场。闭会后拆了盖在别处，专作展览的处所，便是那有名的水晶宫了。蛇水本没有，只有六个池子，是十八世纪初叶才打通的。

海德公园东南差不多毗连着的，是圣詹姆士公园（St. Jame's Park)，约有五百六七十亩。本是沮洳的草地，英王亨利第八抽了水，砌了围墙，改成鹿苑。查理斯第二扩充园址，铺了路，改为游玩的地方。以后一百年里，便成了伦敦最时髦的散步场。十九世纪初才改造为现在的公园样子。有湖，有悬桥。湖里鹈鹕最多，倚在桥栏上看它们水里玩儿，可以消遣日子。周围是白金罕宫、西寺、国会、各部官署，都是最忙碌的所在；倚在桥栏上的人却能偷闲赏鉴那西寺和国会的戈昔式尖顶的轮廓，也算福气了。

海德公园东北有摄政公园，原也是鹿苑。十九世纪初“摄政王”（后为英王乔治第四）才修成现在样子。也有湖，摇的船最好；坐位下有小轮子，可以进退自如，滚来滚去顶好玩儿的。野鸽子野鸟很多，松鼠也不少。松鼠原是动物园那边放过来的，只几对罢了，现在却繁殖起来了。常见些老头儿带着食物到园里来喂麻雀、鸽子、松鼠。这些小东西和人混熟了，大大方方到人手里来吃食，看去怪亲热的。别的公园里也有这种人。这似乎比提鸟笼有意思些。

动物园在摄政园东北犄角上，属于动物学会，也有了百多年的历史。搜集最完备，有动物四千，其中哺乳类八百，鸟类二千四百。去逛的据说每年超过二百万人。不用问孩子们去的一定不少。他们对于动物比成人亲近得多，关切得多。只看见教科书上或字典上的彩色动物图，就够捉摸的，不用提实在的东西了。就是成人，可不也愿意开开眼，看看没看过的，山里来的，海里来的，异域来的，珍禽、奇兽、怪鱼？要没有动物园，或许一辈子和这些东西都见不着面呢。再说像狮子老虎，哪能随便见面！除非打猎或看马戏班。但打猎遇着这些，正是拼死活的时候，哪里来得及玩味它们的生活状态？马戏班里的呢，也只表演些扭捏的玩艺儿，时候又短，又隔得老远的，哪有动物园里的自然，得看？这还只说的好奇的人，艺术家更可仔细观察研究，成功新创作，如画和雕塑，十九世纪以来，用动物为题材的便不少。近些年电影里的动物趣味，想来也是这么培养出来的，不过那却非动物园所可限了。

伦敦人对动物园的趣味很大，有的报馆专派有动物园的访员，给园中动物作起居注，并报告新来到的东西。他们的通信有些地方就像童话一样。去动物园的人最乐意看喂食的时候，也便是动物和人最亲近的时候。喂食有时得用外交手腕，譬如鱼池吧，若随手将食撒下去，让大家来抢，游得快的，厉害的，不用说占了便宜，剩下的便该活活饿死了。这当然不公道，那一视同仁的管理人一定不愿意的。他得想法子，比方说，分批来喂，那些快的，厉害的，吃完了，便用网将它们拦在一边，再照料别的。各种动物喂食都有一定钟点，著名的裴歹克《伦敦指南》便有一节专记这个。孩子们最乐意的还有骑象，骑骆驼（骆驼在伦敦也算异域珍奇）。再有，游客若能和管理各动物的工人攀谈攀谈，他们会亲切地讲这个那个动物的故事给你听，像传记的片段一般。那时你再去看他说的那些东西，便更有意思了。

园里最好玩儿的事，黑猩猩茶会，白熊洗澡。茶会夏天每日下午五点半举行，有茶，有牛油面包。它们会用两只前足，学人的样子。有时“生手”加入，却往往只用一只前足，牛油也是它来，面包也是它来。这种虽是天然，看的人倒好笑了。白熊就是北极熊，从冰天雪地里来，却最喜欢夏天，越热越高兴，赤日炎炎的中午，它们能整个儿躺在太阳里。也爱下水洗澡，身上老是雪白。它们待在熊台上，有深沟为界。台旁有池，洗澡便在池里。池的一边，隔着一层玻璃可以看它们载浮载沉的姿势。但是一冷到华氏表五十度下，就不肯下水，身上的白雪也便慢慢让尘土封上了。

非洲南部的企鹅也是人们特别乐意看的。它有一岁半婴孩这么大，不会飞，会下水，黑翅膀，灰色胸脯子挺得高高的，昂首缓步，旁若无人。它的特别处就在乎直立着。比鹅大不多少，比鸵鸟、鹤小得多，可是一直立就有人气，便当另眼相看了。自然，别的鸟也有直立着的，可是太小了，说不上。企鹅又拙得好，现代装饰图案有用它的。只是不耐冷，一到冬天，便没精打采的了。

鱼房鸟房也特别值得看。鱼房分淡水房海水房热带房(也是淡水)。屋内黑洞洞的，壁上嵌着一排镜框似的玻璃，横长方。每框里一种鱼，在水里游来游去，都用电灯光照着，像画。鸟房有两处，热带房里颜色声音最丰富，最新鲜。有种上截脆蓝下截褐红的小鸟，不住地飞上飞下，不住地咭咭呱呱，怪可怜见的。

这个动物园各部分空气光线都不错，又有冷室温室，给动物很周到的设计。只是才二百亩地，实在旋展不开，小东西还罢了，像狮子老虎老是关在屋里，未免委屈英雄，就是白熊等物虽有特备的台子，还是局促得很。这与鸟笼子也就差得有限了。固然，让这些动物完全自由，那就无所谓动物园；可是若能给它们较大的自由，让它们活得比较自然些，看的人岂不更得看些。所以一九二七年上，动物学会又在伦敦西北惠勃司奈得（Whipsnade，Bedfordshire）地方成立了一所动物园，有三千多亩。据说，那些庞然大物自如多了，游人看起来也痛快多了。

以上几个园子都在市内，都在泰晤士河北。河南偏西有个大大有名的邱园（Kew Gardens）。却在市外了。邱园正名“王家植物园”，世界最重要、最美丽的植物园之一，大一千七百五十亩，栽培的植物在二万四千种以上。这园子现在归农部所管，原也是王室的产业，一八四一年捐给国家。从此起手研究经济植物学和园艺学，便渐渐著名了。他们编印大英帝国植物志。又移种有用的新植物于帝国境内——如西印度群岛的波罗蜜，印度的金鸡纳霜，都是他们介绍进去的。园中博物院四所，第二所经济植物学博物院设于一八四八，是欧洲最早的一个。

但是外行人只能赏识花木风景而已。水仙花最多，四月尾有所谓“水仙花礼拜日”，游人盛极。温室里奇异的花也不少。园里有什么好花正开着，门口通告牌上逐日都列着表。暖气室最大，分三部：喜马拉耶室养着石楠和山茶，中国石楠也有，小些；中部正面安排着些大凤尾树和棕榈树，凤尾树真大，得仰起脖子看，伸开两胳膊还不够它宽的，周围绕着些时花与灌木之类；另一部是墨西哥室，似乎没有什么特别的东西。

东南角上一座塔，可不能上，十层，一百五十五尺，造于十八世纪中。那正是中国文化流行欧洲的时候，也许是中国的影响吧。据说还有座小小的孔子庙，但找了半天，没找着。不远儿倒有座彩绘的日本牌坊，所谓“敕使门”① 的，那却造了不过二十年。从塔下到一个人工的湖有一条柏树甬道，也有森森之意。可惜树太细瘦，比起我们中山公园，真是小巫见大巫了。所谓“竹园”更可怜，又不多，又不大，也不秀，还赶不上西山大悲庵那些。

1935 年 12 月 12 日作

（原载 1936 年 2 月 1 日《文学》第 6 卷第 2 期）

① 寺院门，敕使参谒时由此行。

加尔东尼市场

在北平住下来的人，总知道逛庙会逛小市的趣味。你来回蹓着，这儿看看，那儿站站，有中意的东西，磋磨磋磨价钱，买点儿回去让人一看，说真好，再提价钱，说那有这么巧的。你这一乐，可没白辛苦一趟！要什么都没买成，那也不碍，就凭看中的一两件三四件东西，也够你讲讲说说的。再说在市上留连一会子，到底过了"蘑菇"的瘾，还有什么抱怨的？

伦敦人纷纷上加尔东尼市场（Caldonian Market），也正是这股劲儿。房东太太客厅里炉台儿上放着一个手榴弹壳，是盛烟灰用的。比甜瓜小一点，面上擦得精亮，方方的小块儿，界着又粗又深的黑道儿，就是蛮得好，傻得好。房东太太说还是她家先生在世时逛加尔东尼市场买回来的。她说这个市场卖旧货，可以还价，花样不少，有些是偷来的，倒也有好东西，去的人可真多。市场只在星期二星期五上午十时至下午四时开放，有些像庙会；市场外另有几家旧书旧货铺子，却似乎常做买卖，又有些像小市。

先到外头一家旧书铺，没窗没门。仰面灰蓬蓬的，土地，刚下完雨，门口还积着个小小水潭儿。从乱书堆中间进去，一看倒也分门别类的。“文学”在里间，空气变了味，扑鼻子一阵阵的——到如今三年了，不忘记，可也叫不出什么味。《圣经》最多，整整一箱子。不相干的小说左一堆右一堆，却也挑出了一本莎翁全集，几本正正经经诗选。莎翁全集当然是普通本子，可是只花了九便士，才合五六毛钱。铺子里还卖旧话匣片子，不住地开着让人听，三五个男女伙计穿梭似地张罗着。别几家铺子没进去，外边瞧了瞧，也一团灰土气。

市场门口有小牌子写着开放日期，又有一块写着“谨防扒手”——伦敦别处倒没见过这玩意儿。地面大小和北平东安市场差不多，一半带屋顶，一半露天；干净整齐，却远不如东安市场。满是摊儿，屋里没有地摊儿，露天里有。

摆摊儿的，男女老少，色色俱全，还有缠着头的印度人。卖的是日用什物、布匹、小摆设；花样也不怎样多，多一半古旧过了头。有几件日本瓷器，中国货色却不见。也有卖吃的，卖杂耍的。踱了半天，看见一个铜狮子镇纸，够重的，狮子颇有点威武，要价三先令（二元余），还了一先令，没买成。快散了，却瞥见地下大大的厚厚的一本册子，拿起来翻着，原来是书纸店里私家贺年片的样本。这些旧贺年片虽是废物，却印得很好看，又各不相同。问价钱才四便士，合两毛多，便马上买了。出门时又买了个擦皮鞋的绒卷儿，也贱——到现在还用着。这时正愁大册子夹着不便，抬头却见面前立着个卖硬纸口袋的，大小都有，买了东西的人，大概全得买上那么一只。这当口门外沿路一直到大街上，挨挨擦擦的，差不离尽是提纸口袋的。我口袋里那册贺年片样本，回国来让太太小姐孩子们瞧，都爱不释手，让她们猜价儿，至少说四元钱。我忍不住要想，逛那么一趟加尔东尼，也算值得了。

1935 年 4 月 11 日作

（原载 1935 年 4 月 14 日《大公报·文艺副刊》第 147 期）

吃的

提到欧洲的吃喝，谁总会想到巴黎，伦敦是算不上的。不用说别的，就说煎山药蛋吧。法国的切成小骨牌块儿，黄争争的，油汪汪的，香喷喷的；英国的“条儿”（chips）却半黄半黑，不冷不热，干干儿的什么味也没有，只可以当饱罢了。再说英国饭吃来吃去，主菜无非是煎炸牛肉排羊排骨，配上两样素菜。记得在一个人家住过四个月，只吃过一回煎小牛肝儿，算是新花样。可是菜做得简单，也有好处，材料坏容易见出，像大陆上厨子将坏东西做成好样子，在英国是不会的。大约他们自己也觉着腻味，所以一九二六那一年有一位华衣脱女士（E. White）组织了一个英国民间烹调社，搜求各市各乡的食谱，想给英国菜换点儿花样，让它好吃些。一九三一年十二月烹调社开了一回晚餐会，从十八世纪以来的食谱中选了五样菜（汤和点心在内），据说是又好吃，又不费事。这时候正是英国的国货年，所以报纸上颇为揄扬一番。可是，现在欧洲的风气，吃饭要少要快，那些陈年的老古董，怕总有些不合时宜吧。

吃饭要快，为的忙，欧洲人不能像咱们那样慢条斯理儿的，大家知道。干吗要少呢？为的卫生，固然不错，还有别的：女的男的都怕胖。女的怕胖，胖了难看；男的也爱那股标劲儿，要像个运动家。这个自然说的是中年人少年人；老头子挺着个大肚子的却有的是。欧洲人一日三餐，分量颇不一样。像德国，早晨只有咖啡面包，晚间常冷食，只有午饭重些。法国早晨是咖啡、月芽饼，午饭晚饭似乎一般分量。英国却早晚饭并重，午饭轻些。英国讲究早饭，和我国成都等处一样。有麦粥、火腿蛋、面包、茶，有时还有薰咸鱼、果子。午饭顶简单的，可以只吃一块烤面包，一杯咖啡。有些小饭店里出卖午饭盒子，是些冷鱼冷肉之类，却没有卖晚饭盒子的。

伦敦头等饭店总是法国菜，二等的有意大利菜，法国菜，瑞士菜之分；旧城馆子和茶饭店等才是本国味道。茶饭店与煎炸店其实都是小饭店的别称。茶饭店的“饭”原指的午饭，可是卖的东西并不简单，吃晚饭满成。煎炸店除了煎炸牛肉排羊排骨之外，也卖别的。头等饭店没去过，意大利的馆子却去过两家。一家在牛津街，规模很不小，晚饭时有女杂耍和跳舞。只记得那回第一道菜是生蚝之类，一种特制的盘子，边上围着七八个圆格子，每格放半个生蚝，吃起来很雅相。另一家在由斯敦路，也是个热闹地方。这家却小小的，通心细粉做得最好，将粉切成半分来长的小圈儿，用黄油煎熟了，平铺在盘儿里，洒上干酪（计司）粉，轻松鲜美，妙不可言。还有炸"搦气蚝"，鲜嫩清香，蝤蛑、瑶柱，都不能及；只有宁波的蛎黄仿佛近之。

茶饭店便宜的有三家：拉衣恩司（Lyons）、快车奶房、ABC 面包房。每家都开了许多店子，遍布市内外。ABC 比较少些，也贵些，拉衣恩司最多。快车奶房炸小牛肉小牛肝和红烧鸭块都还可口，他们烧鸭块用木炭火，所以颇有中国风味。ABC 炸牛肝也可吃，但火急肝老，总差点儿事；点心烤得却好，有几件比得上北平法国面包房。拉衣恩司似乎没甚么出色的东西，但他家有两处"角店"，都在闹市转角处，那里却有好吃的。角店一是上下两大间，一是三层三大间，都可容一千五百人左右，晚上有乐队奏乐。一进去只见黑压压的坐满了人，过道处窄得可以，但是气象颇为阔大

(有个英国学生讥为“穷人的宫殿”，也许不错)。在那里往往找了半天站了半天才等着空位子。这三家所有的店子都用女侍者，只有两处角店里却用了些男侍者——男侍者工钱贵些。男女侍者都穿了黑制服，女的更戴上白帽子，分层招待客人。也只有在角店里才要给点小费（虽然门上标明“无小费”字样)，别处这三家开的铺子里都不用给的。曾去过一处角店，烤鸡做得还入味，但是一只鸡腿就合中国一元五角，若吃鸡翅还要贵点儿。茶饭店有时备着骨牌等，供客人消遣，可是向侍者要了玩的极少。客人多的地方，老是有人等位子，干脆就用不着备了。此外还有一些生蚝店，专吃生蚝，不便宜。一位房东太太告诉我说“不卫生”，但是吃的人也不见少。吃生蚝却不宜在夏天，所以英国人说月名中没有“R”（五六七八月)，生蚝就不当令了。伦敦中国饭店也有七八家，贵贱差得很大，看地方而定。菜虽也有些高低，可都是变相的广东味儿，远不如上海新雅好。在一家广东楼要过一碗鸡肉馄饨，合中国一元六角，也够贵了。

茶饭店里可以吃到一种甜烧饼（muffin）和窝儿饼(crumDpet)。甜烧饼仿佛我们的火烧，但是没馅儿，软软的，略有甜味，好像掺了米粉做的。窝儿饼面上有好些小窝窝儿，像蜂房，比较地薄，也像参了米粉。这两样大约都是法国来的，但甜烧饼来的早，至少二百年前就有了。厨师多住在祝来巷（Drury Lane），就是那著名的戏园子的地方，从前用盘子顶在头上卖，手里摇着铃子。那时节人家都爱吃，买了来，多多抹上黄油，在客厅或饭厅壁炉上烤得热辣辣的，让油都浸进去，一口咬下来，要不沾到两边口角上。这种偷闲的生活是很有意思的。但是后来的窝儿饼浸油更容易，更香，又不太厚，太软，有咬嚼些，样式也波俏。人们渐渐地喜欢它，就少买那甜烧饼了。一位女士看了这种光景，心下难过，便写信给《泰晤士报》，为甜烧饼抱不平。《泰晤士报》特地做了一篇小社论，劝人吃甜烧饼以存古风，但对于那位女士所说的窝儿饼的坏话，却宁愿存而不论，大约那论者也是爱吃窝儿饼的。

复活节（三月）时候，人家吃煎饼（pancake），茶饭店里也卖。这原是忏悔节（二月底）忏悔人晚饭后去教堂之前吃了好熬饿的，现在却在早晨吃了。饼薄而脆，微甜。北平中原公司卖的“胖开克”（煎饼的音译）却未免太“胖”，而且软了。——说到煎饼，想起一件事来：美国麻省勃克夏地方（Berkshire Country）有“吃煎饼竞争”的风俗，据《泰晤士报》说，一九三二年的优胜者一气吃下四十二张饼，还有腊肠热咖啡。这可算“真正大肚皮”了。

英国人每日下午四时半左右要喝一回茶，就着烤面包黄油。请茶会时，自然还有别的，如火腿夹面包、生豌豆苗夹面包、茶馒头（teascone），等等。他们很看重下午茶，几乎必不可少。又可乘此请客，比请晚饭简便省钱得多。英国人喜欢喝茶，对于喝咖啡，和法国人相反，他们也煮不好咖啡。喝的茶现在多半是印度茶。茶饭店里虽卖中国茶，但是主顾寥寥。不让利权外溢固然也有关系，可是不利于中国茶的宣传（如说制时不干净）和茶味太淡才是主要原因。印度茶色浓味苦，加上牛奶和糖正合式；中国红茶不够劲儿，可是香气好。奇怪的是茶饭店里卖的，色香味都淡得没影子。那样茶怎么会运出去，真莫名其妙。

街上偶然会碰着提着筐子卖落花生的（巴黎也有），推着四轮车卖炒栗子的，教人有故国之思。花生栗子都装好一小口袋一小口袋的，栗子车上有炭炉子，一面炒，一面装，一面卖。这些小本经纪在伦敦街上也颇古色古香，点缀一气。栗子是干炒，与我们“糖炒”的差得太多了。——英国人吃饭时也有干果，如核桃、榛子、榧子，还有巴西乌菱（原名 BrazilDs，巴西出产，中国通称“美国乌菱”）。乌菱实大而肥，香脆爽口，运到中国的太干，便不大好。他们专有一种干果夹，像钳子，将干果夹进去，使劲一握夹子柄，“格”的一声，皮壳碎裂，有些蹦到远处，也好玩儿的。苏州有瓜子夹，像剪刀，却只透着玲珑小巧，用不上劲儿去。

1935年2月4日作

（原载1935年3月1日《中学生》第53号）

乞　丐

外国也有乞丐，是的。但他们的丐道或丐术不大一样。近些年在上海常见的，马路旁水门汀上用粉笔写着一大堆困难情形，求人帮助，粉笔字一边就坐着那写字的人，——北平也见过这种乞丐，但路旁没有水门汀，便只能写在纸上或布上——却和外国乞丐相像。这办法不知是来路货呢，还是此心同，此理同呢？

伦敦乞丐在路旁画画的多，写字的却少。只在特拉伐加方场附近见过一个长须老者（外国长须的不多），在水门汀上端坐着，面前几行潦草的白粉字。说自己是大学出身，现在一寒至此，大学又有何用，这几句牢骚话似乎颇打动了一些来来往往的人，加上老者那炯炯的双眼，不露半星儿可怜相，也教人有点肃然。他右首放着一只小提箱，打开了，预备人往里扔钱。那地方本是四通八达的闹市，扔钱的果然不少。箱子内外都撒的铜子儿（便士），别的乞丐却似乎没有这么好的运气。

画画的大半用各色粉笔，也有用颜料的。见到的有三种花样。或双钩 To Live（求生）二字，每一个字母约一英尺见方，在双钩的轮廓里精细地作画。字母整齐匀净，通体一笔不苟。或双钩 Good Luck（好运）二字，也有只用 Luck（运气）一字的。——求生是自道，好运气是为过客颂祷之辞。或画着四五方风景，每方大小也在一英尺左右。通常画者坐在画的一头，那一头将他那旧帽子翻过来放着，铜子儿就扔在里面。

这些画丐有些在艺术学校受过正式训练，有些平日爱画两笔，算是玩艺儿。到没了落儿，便只好在水门汀上动起手来了。一九三二年五月十日，这些人还来了一回展览会。那天的晚报（The Evening News）上选印了几幅，有两幅是彩绣的。绣的人诨名牛津街开特尔老大，拳乱时做水手，来过中国，他还记得那时情形。这两幅画绣在帆布（画布）上，每幅下了八万针。他绣过英王爱德华像，据说颇为当今王后所赏识，那是他生平最得意的时候。现在却只在牛津街上浪荡着。

晚报上还记着一个人。他在杂戏馆（Halls）干过三十五年，名字常大书在海报上。三年前还领了一个杂戏班子游行各处，他扮演主要的角色。英伦三岛的城市都到过，大陆上到过百来处，美国也到过十来处。也认识贾波林。可是时运不济，老伦敦却没一个子儿。他想起从前朋友们说过静物写生多么有意思，自己也曾学着玩儿。到了此时，说不得只好凭着这点玩艺儿在泰晤士河长堤上混混了。但是他怕认得他的人太多，老是背向着路中，用大帽檐遮了脸儿。他说在水门汀上作画颇不容易，最怕下雨，几分钟的雨也许毁了整天的工作。他说总想有朝一日再到戏台上去。

画丐外有乐丐。牛津街见过一个，开着话匣子，似乎是坐在三轮自行车上，记得颇有些堂哉皇也的神气。复活节星期五在冷街中却见过一群，似乎一人推着风琴，一人按着，一人高唱《颂圣歌》——那推琴的也和着。这群人样子却就狼狈了。据说话匣子等等都是赁来，他们大概总有得赚的。另一条冷街上见过一个男的带着两个女的，穿得像刚从垃圾堆里出来似的。一个女的还抹着胭脂，简直是一块块红土！男的奏乐，女的乱七八糟的跳舞，在刚下完雨泥滑滑的马路上。这种女乞丐像很少。又见过一个拉小提琴的人，似乎很年轻，很文雅，向着步道上的过客站着。右手本来抱着个小猴儿，拉琴时先把它抱在左肩头蹲着。拉了没几弓子，猴儿尿了，他只若无其事，让衣服上淋淋漓漓的。

牛津街上还见过一个，那真狼狈不堪。他大概赁话匣子等的力量都没有，只找了块板儿，三四尺长，五六寸宽，上面安上条弦子，用只玻璃水杯将弦子绷起来。把板儿放在街沿下，便蹲着，两只手穿梭般弹奏着。那是明灯初上的时候，步道上人川流不息，一双双脚从他身边匆匆的跨过去，看见他的似乎不多。街上汽车声脚步声谈话声混成一片，他那独弦的细声细气，怕也不容易让人听见。可是他还是埋着头弹他那一手。

几年前一个朋友还见过背诵迭更斯小说的。大家正在戏园门口排着班等买票。这个人在旁背起《块肉余生述》来，一边念，一边还做着。这该能够多找几个子儿，因为比那些话匣子等该有趣些。

警察禁止空手空口的乞丐，乞丐便都得变做卖艺人。若是无艺可卖，手里也得拿点东西，如火柴皮鞋带之类。路角落里常有男人或女人拿着这类东西默默站着，脸上大都是黯淡的。其实卖艺、卖物，大半也是幌子，不过到底教人知道自尊些，不许不做事白讨钱。只有瞎子，可以白讨钱。他们站着或坐着，胸前有时挂一面纸牌子，写着盲人。又有一种人，在乞丐非乞丐之间。有一回找一家杂耍场不着，请教路角上一个老者。他殷勤领着走，一面说刚失业，没钱花，要我帮个忙儿。给了五个便士（约合中国三毛钱），算是酬劳，他还争呢。其实只有二三百步路罢了。跟着走，诉苦，白讨钱的，只遇着一次。那里街灯很暗，没有警察，路上人也少，我又是外国人，他所以厚了脸皮，放了胆子——他自然不是瞎子。

1935 年 10 月 26 日作

圣诞节

十二月二十五日圣诞节。英国人过圣诞节，好像我们旧历年的味儿。习俗上宗教上，这一日简直就是元旦。据说七世纪时便已如此，十四世纪至十八世纪中叶，虽然将元旦改到三月二十五日，但是以后情形又照旧了。至于一月一日，不过名义上的岁首，他们向来是不大看重的。

这年头人们行乐的机会越过越多，不在乎等到逢年过节。所以年情节景一回回地淡下去，像从前那样热狂地期待着，热狂地受用着的事情，怕只在老年人的回忆，小孩子的想象中存在着罢了。大都市里特别是这样，在上海就看得出，不用说更繁华的伦敦了。再说这种不景气的日子，谁还有心肠认真找乐儿？所以虽然圣诞节，大家也只点缀点缀，应个景儿罢了。

可是邮差却忙坏了，成千成万的贺片经过他们的手。贺片之外还有月份牌。这种月份牌一点儿大，装在卡片上，也有画，也有吉语。花样也不少，却比贺片差远了。贺片分两种，一种填上姓名，一种印上姓名。交游广的用后一种，自然贵些。据说前些年也得勾心斗角地出花样，这一年却多半简简单单的，为的好省些钱。前一种却不同，各家书纸店得抢买主，所以花色比以先还多些。不过据说也没有十二分新鲜出奇的样子，这个究竟只是应景的玩意儿呀。但是在一个外国人眼里，五光十色，也就够瞧的。曾经到旧城一家大书纸店里看过，样本厚厚的四大册，足有三千种之多。

样本开头是皇家贺片：英王的是圣保罗堂图；王后的内外两幅画，其一是花园图；威尔士亲王的是候人图；约克公爵夫妇的是一六六〇年圣詹姆士公园冰戏图；马利公主的是行猎图。圣保罗堂庄严宏大，下临伦敦城，园里的花透着上帝的微笑，候人比喻好运气和欢乐在人生的大道上等着你，圣詹姆士公园（在圣詹姆士宫南）代表宫廷，溜冰和行猎代表英国人运动的嗜好。那幅溜冰图古色古香，而且十足神气。这些贺片原样很大，也有小号的，谁都可以买来填上自己名字寄给人。此外有全金色的，晶莹照眼；有蝴蝶翅的，闪闪的宝蓝光；有雕空嵌花纱的，玲珑剔透，如嚼冰雪。又有羊皮纸仿四折本的；嵌铜片小风车的；嵌彩玻璃片圣母像的；嵌剪纸的鸟的；在猫头鹰头上粘羊毛的：都为的教人有实体感。

太太们也忙得可以的，张罗着亲戚朋友丈夫孩子的礼物，张罗着装饰屋子、圣诞树、火鸡，等等。节前一个礼拜，每天电灯初亮时上牛津街一带去看，步道上挨肩擦背匆匆来往的满是办年货的，不用说是太太们多。装饰屋子有两件东西不可没有，便是冬青和苹果寄生（mistletoe）的枝子。前者教堂里也用；后者却只用在人家里；大都插在高处。冬青取其青，有时还带着小红果儿，用以装饰圣诞节，由来已久，有人疑心是基督教徒从罗马风俗里捡来的。苹果寄生带着白色小浆果儿，却是英国土俗，至晚十七世纪初就用它了。从前在它底下，少年男人可以和任何女子接吻，但接吻后他得摘掉一粒果子。果子摘完了，就不准再在下面接吻了。

圣诞树也有种种装饰，树上挂着给孩子们的礼物，装饰的繁简大约看人家的情形。我在朋友的房东太太家看见的只是小小一株，据说从乌尔乌斯三六公司（货价只有三便士六便士两码）买来，才六便士，合四五毛钱。可是放在餐桌上，青青的，的里瓜拉挂着些耀眼的玻璃球儿，绕着树更安排些哀斯基摩人一类小玩意，也热热闹闹地凑趣儿。圣诞树的风俗是从德国来的。德国也许是从斯堪第那维亚传下来的。斯堪第那维亚神话里有所谓世界树，叫做乙格抓西儿（Yg Dgdrasil），用根和枝子联系着天地幽冥三界。这是株枯树，可是滴着蜜。根下是诸德之泉；树中间坐着一只鹰，一只松鼠，四只公鹿；根旁一条毒蛇，老是啃着根。松鼠上下窜，在顶上的鹰与聪敏的毒蛇之间挑拨是非。树震动不得，震动了，地底下的妖魔便会起来捣乱。想着这段神话，现在的圣诞树真是更显得温暖可亲了。圣诞树和那些冬青，苹果寄生，到了来年六日一齐烧去。烧的时候，在场的都动手，为的是分点儿福气。

圣诞节的晚上，在朋友的房东太太家里。照例该吃火鸡，酸梅布丁。那位房东太太手头颇窘，却还卖了几件旧家具，买了一只二十二磅重的大火鸡来过节。可惜女仆不小心，烤枯了一点儿，老太太自个儿唠叨了几句，大节下，也就算了。可是火鸡味道也并不怎样特别似的。吃饭时，大家一面扔纸球，一面扯花炮——两个人扯，有时只响一下，有时还夹着小纸片儿，多半是带着爱字儿的吉语。饭后做游戏，有音乐椅子（椅子数目比人少一个；乐声止时，众人抢着坐）、掩目吹蜡烛、抓瞎、抢人（分队）、抢气球，等等，大家居然一团孩子气。最后还有跳舞。这一晚过去，第二天差不多什么都照旧了。

新年大家若无其事地过去。有些旧人家愿意上午第一个进门的是个头发深，气色黑些的人，说这样的人带进新年是吉利的。朋友的房东太太那早晨特意通电话请一家熟买卖的掌柜上她家去，他正是这样的人。新年也卖历本。人家常用的是老摩尔历本（OldMoore's Almanack），书纸店里买，价钱贱，只两便士。这一年的，面上印着乔治王陛下登极第二十三年，有一块小图，画着日月星地球，地球外一个圈儿，画着黄道十二宫的像，如白羊金牛双子等。古来星座的名字，取像于人物，也另有风味。历本前有一整幅观像图，题道，将来怎样？老摩尔告诉你。从图中看，老摩尔创于一千七百年，到现在已经二百多年了。每月一面，上栏可以说是推背图，但没有神秘气；下栏分日数，星期，大事记，日出没时间，月出没时间，伦敦潮汛，时事预测各项。此外还有月盈缺表、各港潮汛表、行星运行表、三岛集期表、邮政章程、大路规则、做点心法、养家禽法、家事常识。广告也不少，卖丸药的最多，满是给太太们预备的。因为这种历本原是给太太们预备的。

1934年12月15—17日作

（原载1935年2月1日《中学生》第52号）

白马湖

今天是个下雨的日子。这使我想起了白马湖；因为我第一回到白马湖，正是微风飘萧的春日。

白马湖在甬绍铁道的驿亭站，是个极小极小的乡下地方。在北方说起这个名字，管保一百个人一百个人不知道。但那却是一个不坏的地方。这名字先就是一个不坏的名字。据说从前（宋时?）有个姓周的骑白马入湖仙去，所以有这个名字。这个故事也是一个不坏的故事。假使你乐意搜集，或也可编成一本小书，交北新书局印去。

白马湖并非圆圆的或方方的一个湖，如你所想到的，这是曲曲折折大大小小许多湖的总名。湖水清极了，如你所能想到的，一点儿不含糊像镜子。沿铁路的水，再没有比这里清的，这是公论。遇到旱年的夏季，别处湖里都长了草，这里却还是一清如故。白马湖最大的，也是最好的一个，便是我们住过的屋的门前那一个。那个湖不算小，但湖口让两面的山包抄住了。外面只见微微的碧波而已，想不到有那么大的一片。湖的尽里头，有一个三四十户人家的村落，叫做西徐岙，因为姓徐的多。这村落与外面本是不相通的，村里人要出来得撑船。后来春晖中学在湖边造了房子，这才造了两座玲珑的小木桥，筑起一道煤屑路，直通到驿亭车站。那是窄窄的一条人行路，蜿蜒曲折的，路上虽常不见人，走起来却不见寂寞——尤其在微雨的春天，一个初到的来客，他左顾右盼，是只有觉得热闹的。

春晖中学在湖的最胜处，我们住过的屋也相去不远，是半西式。湖光山色从门里从墙头进来，到我们窗前、桌上。我们几家接连着，丏翁的家最讲究。屋里有名人字画，有古瓷，有铜佛，院子里满种着花。屋子里的陈设又常常变换，给人新鲜的受用。他有这样好的屋子，又是好客如命，我们便不时地上他家里喝老酒。丏翁夫人的烹调也极好，每回总是满满的盘碗拿出来，空空的收回去。白马湖最好的时候是黄昏。湖上的山笼着一层青色的薄雾，在水里映着参差的模糊的影子。水光微微地暗淡，像是一面古铜镜。轻风吹来，有一两缕波纹，但随即平静了。天上偶见几只归鸟，我们看着它们越飞越远，直到不见为止。这个时候便是我们喝酒的时候。我们说话很少，上了灯话才多些，但大家都已微有醉意。是该回家的时候了。若有月光也许还得徘徊一会；若是黑夜，便在暗里摸索醉着回去。

白马湖的春日自然最好。山是青得要滴下来，水是满满的、软软的。小马路的两边，一株间一株地种着小桃与杨柳。小桃上各缀着几朵重瓣的红花，像夜空的疏星。杨柳在暖风里不住地摇曳。在这路上走着，时而听见锐而长的火车的笛声是别有风味的。在春天，不论是晴是雨，是月夜是黑夜，白马湖都好。雨中田里菜花的颜色最早鲜艳，黑夜虽什么不见，但可静静地受用春天的力量。夏夜也有好处，有月时可以在湖里划小船，四面满是青霭。船上望别的村庄，像是蜃楼海市，浮在水上，迷离徜恍的。有时听见人声或犬吠，大有世外之感。若没有月呢，便在田野里看萤火。那萤火不是一星半点的，如你们在城中所见；那是成千成百的萤火。一片儿飞出来，像金线网似的，又像耍着许多火绳似的。只有一层使我愤恨。那里水田多，蚊子太多，而且几乎全闪闪烁烁是疟蚊子。我们一家都染了疟疾，至今三四年了，还有未断根的。蚊子多足以减少露坐夜谈或划船夜游的兴致，这未免是美中不足了。

离开白马湖是三年前的一个冬日。前一晚“别筵”上，有丏翁与云君，我不能忘记丏翁，那是一个真挚豪爽的朋友。但我也不能忘记云君，我应该这样说，那是一个可爱的——孩子。

7月14日，北平

（原载1929年11月1日《清华周刊》第32卷第3期）

春

盼望着，盼望着，东风来了，春天的脚步近了。

一切都像刚睡醒的样子，欣欣然张开了眼。山朗润起来了，水长起来了，太阳的脸红起来了。

小草偷偷地从土里钻出来，嫩嫩的，绿绿的。园子里，田野里，瞧去，一大片一大片满是的。坐着，躺着，打两个滚，踢几脚球，赛几趟跑，捉几回迷藏。风轻悄悄的，草绵软软的。

桃树、杏树、梨树，你不让我，我不让你，都开满了花赶趟儿。红的像火，粉的像霞，白的像雪。花里带着甜味，闭了眼，树上仿佛已经满是桃儿、杏儿、梨儿！花下成千成百的蜜蜂嗡嗡地闹着，大小的蝴蝶飞来飞去。野花遍地是：

杂样儿，有名字的，没名字的，散在草丛里，像眼睛，像星星，还眨呀眨的。

“吹面不寒杨柳风”，不错的，像母亲的手抚摸着你。风里带来些新翻的泥土的气息，混着青草味，还有各种花的香，都在微微润湿的空气里酝酿。鸟儿将窠巢安在繁花嫩叶当中，高兴起来了，呼朋引伴地卖弄清脆的喉咙，唱出宛转的曲子，与轻风流水应和着。牛背上牧童的短笛，这时候也成天在嘹亮地响。

雨是最寻常的，一下就是三两天。可别恼，看，像牛毛，像花针，像细丝，密密地斜织着，人家屋顶上全笼着一层薄烟。树叶子却绿得发亮，小草也青得逼你的眼。傍晚时候，上灯了，一点点黄晕的光，烘托出一片安静而和平的夜。乡下去，小路上，石桥边，撑起伞慢慢走着的人；还有地里工作的农夫，披着蓑，戴着笠的。他们的草屋，稀稀疏疏的在雨里静默着。

天上风筝渐渐多了，地上孩子也多了。城里乡下，家家户户，老老小小，他们也赶趟儿似的，一个个都出来了。舒活舒活筋骨，抖擞抖擞精神，各做各的一份事去。“一年之计在于春”；刚起头儿，有的是工夫，有的是希望。

春天像刚落地的娃娃，从头到脚都是新的，它生长着。

春天像小姑娘，花枝招展的，笑着，走着。

春天像健壮的青年，有铁一般的胳膊和腰脚，他领着我们上前去。

（原载朱文叔编《初中语文读本》第1册1933年7月版）

我是扬州人

有些国语教科书里选得有我的文章，注解里或说我是浙江绍兴人，或说我是江苏江都人——就是扬州人。有人疑心江苏江都人是错了，特地老远的写信托人来问我。我说两个籍贯都不算错，但是若打官话，我得算浙江绍兴人。浙江绍兴是我的祖籍或原籍，我从进小学就填的这个籍贯；直到现在，在学校里服务快三十年了，还是报的这个籍贯。不过绍兴我只去过两回，每回只住了一天；而我家里除先母外，没一个人会说绍兴话。

我家是从先祖才到江苏东海做小官。东海就是海州，现在是陇海路的终点。我就生在海州。四岁的时候先父又到邵伯镇做小官，将我们接到那里。海州的情形我全不记得了，只对海州话还有亲热感，因为父亲的扬州话里夹着不少海州口音。在邵伯住了差不多两年，是住在万寿宫里。万寿宫的院子很大，很静；门口就是运河。河坎很高，我常向河里扔瓦片玩儿。邵伯有个铁牛湾，那儿有一条铁牛镇压着。父亲的当差常抱我去看它，骑它，抚摩它。

镇里的情形我也差不多忘记了。只记住在镇里一家人家的私塾里读过书，在那里认识了一个好朋友叫江家振。我常到他家玩儿，傍晚和他坐在他家荒园里一根横倒的枯树干上说着话，依依不舍，不想回家。这是我第一个好朋友，可惜他未成年就死了；记得他瘦得很，也许是肺病罢？

六岁那一年父亲将全家搬到扬州。后来又迎养先祖父和先祖母。父亲曾到江西做过几年官，我和二弟也曾去过江西一年；但是老家一直在扬州住着。我在扬州读初等小学，没毕业；读高等小学，毕了业；读中学，也毕了业。我的英文得力于高等小学里一位黄先生，他已经过世了。还有陈春台先生，他现在是北平著名的数学教师。这两位先生讲解英文真清楚，启发了我学习的兴趣；只恨我始终没有将英文学好，愧对这两位老师。还有一位戴子秋先生，也早过世了，我的国文是跟他老人家学着做通了的，那是辛亥革命之后在他家夜塾里的时候。中学毕业，我是十八岁，那年就考进了北京大学预科，从此就不常在扬州了。

就在十八岁那年冬天，父亲母亲给我在扬州完了婚。内人武钟谦女士是杭州籍，其实也是在扬州长成的。她从不曾去过杭州；后来同我去是第一次。她后来因为肺病死在扬州，我曾为她写过一篇《给亡妇》。我和她结婚的时候，祖父已死了好几年了。结婚后一年祖母也死了。他们两老都葬在扬州，我家于是有祖茔在扬州了。后来亡妇也葬在这祖茔里。母亲在抗战前，两年过去，父亲在胜利前四个月过去，遗憾的是我都不在扬州；他们也葬在那祖茔里。这中间叫我痛心的是死了第二个女儿！她性情好，爱读书，做事负责任，待朋友最好。

已经成人了，不知什么病，一天半就完了！她也葬在祖茔里。我有九个孩子。除第二个女儿外，还有一个男孩不到一岁就死在扬州；其余亡妻生的四个孩子都曾在扬州老家住过多少年。这个老家直到今年夏初才解散了，但是还留着一位老年的庶母在那里。

我家跟扬州的关系，大概够得上古人说的“生于斯，死于斯，歌哭于斯”了。现在亡妻生的四个孩子都已自称为扬州人了；我比起他们更算是在扬州长成的，天然更该算是扬州人了。但是从前一直马马虎虎的骑在墙上，并且自称浙江人的时候还多些，又为了什么呢？这一半因为报的是浙江籍，求其一致；一半也还有些别的道理。这些道理第一桩就是籍贯是无所谓的。那时要做一个世界人，连国籍都觉得狭小，不用说省籍和县籍了。那时在大学里觉得同乡会最没有意思。我同住的和我来往的自然差不多都是扬州人，自己却因为浙江籍，不去参加江苏或扬州同乡会。可是虽然是浙江绍兴籍，却又没跟一个道地浙江人来往，因此也就没人拉我去开浙江同乡会，更不用说绍兴同乡会了。这也许是两栖或骑墙的好处罢？然而出了学校以后到底常常会到道地绍兴人了。我既然不会说绍兴话，并且除了花雕和兰亭外几乎不知道绍兴的别的情形，于是乎往往只好自己承认是假绍兴人。那虽然一半是玩笑，可也有点儿窘的。

还有一桩道理就是我有些讨厌扬州人；我讨厌扬州人的小气和虚气。小是眼光如豆，虚是虚张声势，小气无须举例。虚气例如已故的扬州某中央委员，坐包车在街上走，除拉车的外，又跟上四个人在车子边推着跑着。我曾经写过一篇短文，指出扬州人这些毛病。后来要将这篇文收入散文集《你我》里，商务印书馆不肯，怕再闹出“闲话扬州”的案子。这当然也因为他们总以为我是浙江人，而浙江人骂扬州人是会得罪扬州人的。但是我也并不抹煞扬州的好处，曾经写过一篇《扬州的夏日》，还有在《看花》里也提起扬州福缘庵的桃花。再说现在年纪大些了，觉得小气和虚气都可以算是地方气，绝不止是扬州人如此。从前自己常答应人说自己是绍兴人，一半又因为绍兴人有些戆气，而扬州人似乎太聪明。其实扬州人也未尝没戆气，我的朋友任中敏（二北）先生，办了这么多年汉民中学，不管人家理会不理会，难道还不够“戆”的！绍兴人固然有戆气，但是也许还有别的气我讨厌的，不过我不深知罢了。这也许是阿 Q 的想法罢？然而我对于扬州的确渐渐亲热起来了。

扬州真像有些人说的，不折不扣是个有名的地方。不用远说，李斗《扬州画舫录》里的扬州就够羡慕的。可是现在衰落了，经济上是一日千丈的衰落了，只看那些没精打采的盐商家就知道。扬州人在上海被称为江北老，这名字总而言之表示低等的人。江北老在上海是受欺负的，他们于是学些不三不四的上海话来冒充上海人。到了这地步他们可竟会忘其所以的欺负起那些新来的江北老了。这就养成了扬州人的自卑心理。抗战以来许多扬州人来到西南，大半都自称为上海人，就靠着那一点不三不四的上海话；甚至连这一点都没有，也还自称为上海人。其实扬州人在本地也有他们的骄傲的。他们称徐州以北的人为侉子，那些人说的是侉话。他们笑镇江人说话土气，南京人说话大舌头，尽管这两个地方都在江南。英语他们称为蛮话，说这种话的当然是蛮子了。然而这些话只好关着门在家里说，到上海一看，立刻就会矮上半截，缩起舌头不敢啧一声了。扬州真是衰落得可以啊！

我也是一个江北老，一大堆扬州口音就是招牌，但是我却不愿做上海人；上海人太狡猾了。况且上海对我太生疏，生疏的程度跟绍兴对我也差不多；因为我知道上海虽然也许比知道绍兴多些，但是绍兴究竟是我的祖籍，上海是和我水米无干的。然而年纪大起来了，世界人到底做不成，我要一个故乡。俞平伯先生有一行诗，说“把故乡掉了”。其实他掉了故乡又找到了一个故乡；他诗文里提到苏州那一股亲热，是可羡慕的，苏州就算是他的故乡了。

他在苏州度过他的童年，所以提起来一点一滴都亲亲热热的，童年的记忆最单纯最真切，影响最深最久；种种悲欢离合，回想起来最有意思。

“青灯有味是儿时”，其实不止青灯，儿时的一切都是有味的。这样看，在那儿度过童年，就算那儿是故乡，大概差不多罢？这样看，就只有扬州可以算是我的故乡了。何况我的家又是“生于斯，死于斯，歌哭于斯”呢？所以扬州好也罢，歹也罢，我总该算是扬州人的。

1946 年 9 月 25 日作

（原载 1946 年 10 月 1 日《人物》第 1 卷第 10 期）

名师导读

一、名著概览

朱自清的散文继承了中国古典文学的优秀传统，在中西文化交流的大背景之下，创造了具有中国民族特色的散文体制和风格，素朴缜密、清隽沉郁，以语言洗炼、文笔清丽著称，富有真情实感，同时具有鲜明的时代印记，显示出作者拳拳的爱国之心和独特的艺术风格、审美情趣。

他的散文可分为三大类：一是以写社会生活、抨击黑暗现实为主；二是叙事性和抒情性的小品文，主要描写个人和家庭生活，表现父子、夫妻、朋友间的真挚感情，具有浓厚的人情味；第三则是以写自然景物为主的、借景抒情的小品文。后两类散文最为出色，其中《背影》《荷塘月色》更是脍炙人口的名篇。

朱自清在散文史上的贡献是多方面的。他是新文学初期继冰心之后又一位突出的小品文作家，以“美文”创作的实绩，打破了复古派认为白话不能作“美文”的迷信。他在古典文学的基础上和“五四”中西文化交流的背景下，创造了具有中国民族特性的散文体制与风格。他的散文作品为白话美文提供了典范，为培养文学青年和繁荣散文创作提供了宝贵的艺术经验。他的散文，追求一个“真”字，以真挚的感情，写自己的所见所闻、所思所感，达到了逼真的艺术效果。“真”是朱自清散文最大的艺术特色，讲真话，写真情，描绘实景，是他散文艺术的最高成就。

郁达夫在《新文学大系·现代散文导论》中说：“朱自清虽则是一个诗人，可是他的散文仍能够贮满那一种诗意。”这是对朱自清散文艺术的一个很精到的评价。

二、读后练习

1. “我们的日子为什么一去不复返呢？”出自（　　）。

A.《匆匆》　　B.《背影》

C.《春》　　D.《看花》

2.《桨声灯影里的秦淮河》中的秦淮河在（　　）。

A. 扬州　　B. 苏州　　C. 南京　　D. 上海

3.《荷塘月色》中把荷叶比喻为“舞女的裙”，写出了荷叶（　　）的特点。

A. 轻盈飘逸　　B. 高高耸立

C. 舒然展放　　D. 翠绿欲滴

4.《一封信》中提到的“我的南方”是指（　　）。

A. 台州　　B. 上海　　C. 福州　　D. 宁波

5. 在写作《儿女》时，作者已经有（　　）个孩子了。

A. 3　　B. 4　　C. 5　　D. 6

三、思考题

1. 在《背影》中，作者多次写到父亲的背影，这表达了作者对父亲怎样的感情？

2.《荷塘月色》中写道“什么都可以想，什么都可以不想，便觉是个自由的人”，你是怎么理解作者说的这种“自由”的？